NARUSE VAI
DOMINAR
O MUNDO

成瀬は天下を取りにいく

NARUSE VAI DOMINAR O MUNDO

Mina Miyajima
宮島未奈

Tradução de Natália Rosa

intrínseca

Copyright © Mina Miyajima 2023
Todos os direitos reservados.
Publicado originalmente em japonês em 2023 por
SHINCHOSHA Publishing Co., Ltd, Tóquio.

Publicado mediante acordo com SHINCHOSHA Publishing Co., Ltd. e
Tuttle-Mori Agency, Inc., Tóquio, através de Patricia Seibel, Porto.

A tradução dos trechos de *Cem poemas de cem poetas*, nas páginas 137 e 141, é de autoria de Andrei Cunha.

TÍTULO ORIGINAL
成瀬は天下を取りにいく

PREPARAÇÃO
Lídia Ivasa

REVISÃO
Mariana Gonçalves

DIAGRAMAÇÃO
Mayara Kelly

ARTE DE CAPA
© Mina Miyajima / zashiki warashi / Shinchosha

CIP-BRASIL. CATALOGAÇÃO NA PUBLICAÇÃO
SINDICATO NACIONAL DOS EDITORES DE LIVROS, RJ

M677n

    Miyajima, Mina
       Naruse vai dominar o mundo / Mina Miyajima ; tradução Natália Rosa. - 1. ed. - Rio de Janeiro : Intrínseca, 2025.

       Tradução de: 成瀬は天下を取りにいく
       ISBN ISBN 978-85-510-1234-5

       1. Ficção japonesa. I. Rosa, Natália. II. Título.

25-98094.0   CDD: 895.63
                       CDU: 82-3(520)

Gabriela Faray Ferreira Lopes - Bibliotecária - CRB-7/6643

[2025]
Todos os direitos desta edição reservados à
EDITORA INTRÍNSECA LTDA.
Av. das Américas, 500, bloco 12, sala 303
22640-904 – Barra da Tijuca
Rio de Janeiro – RJ
Tel./Fax: (21) 3206-7400
www.intrinseca.com.br

Obrigada, Loja Seibu Ōtsu

— Shimazaki, acho que vou dedicar este verão à Seibu.

No dia 31 de julho, último dia do primeiro semestre, ao sair da escola, mais uma vez Naruse disse algo estranho. Mas Akari Naruse sempre foi estranha. Posso falar isso com convicção porque estive ao lado dela durante a maior parte de seus 14 anos.

Eu sou Miyuki Shimazaki, uma garota comum que mora no mesmo condomínio que Naruse. Quando estávamos no jardim de infância, Naruse sempre se destacava entre as outras crianças — era a mais rápida, a melhor desenhista da turma, cantava bem e conseguia escrever hiragana e katakana do jeito certo. Todos diziam: "A Akari é impressionante." Mas ela nunca se vangloriava por causa disso. Eu me orgulhava de morar no mesmo condomínio que Naruse.

No entanto, com o passar dos anos, Naruse foi se isolando. Como ela conseguia fazer qualquer coisa sozinha, ninguém se aproximava dela. Mesmo não fazendo isso de propósito, as pessoas ao seu redor a consideravam desagradável.

Quando passamos para o quinto ano, Naruse claramente foi ignorada pelas garotas da sala. Apesar de estar na mesma turma, não fiz nada para defendê-la.

Um dia, na entrada do condomínio, passei por Naruse, que carregava uma grande mala. Não seria legal ignorá-la, então perguntei:

— Pra onde você está indo?

— Shimazaki, vou fazer uma bolha de sabão gigante — respondeu e logo foi embora.

Alguns dias depois, Naruse apareceu no Gururin Wide, um programa de TV local. Naruse, a menina genial que faz bolhas de sabão gigantes, dizia ao repórter que "a proporção de detergente é importante".

No dia seguinte, algumas meninas da nossa classe abordaram Naruse. Depois da escola, ela deu uma aula de como fazer bolhas de sabão.

Mesmo agora, sendo aluna do oitavo ano, Naruse vive no próprio ritmo, sem se importar com o que os outros pensam. Como estamos em turmas diferentes, não sei como tem sido o seu dia a dia, mas não parece haver nenhum sinal de bullying. Dizem que no clube de atletismo ela se dedica exclusivamente a corridas longas.

Como moramos no mesmo condomínio, vou e volto da escola com Naruse.

— Você vai dedicar este verão à Seibu?

— Vou à Seibu todos os dias.

Entendi o que Naruse quis dizer na mesma hora. A Loja Seibu Ōtsu, a única loja de departamento da cidade de Ōtsu, onde moramos, vai fechar as portas em um mês, no dia 31 de agosto. Aparentemente, o prédio será demolido e um condomínio será construído no terreno. Os moradores locais estão tristes com o encerramento de 44 anos de história.

Quando eu era criança, frequentava bastante o local. Lá tem o Supermercado Pantry, lojas como a Muji, Loft, a Livraria Futaba e, comparada com as lojas de departamento de Quioto, parecia mais um centro comercial. Ficava a cinco minutos de caminhada de casa, então tinha permissão para ir até lá sozinha desde o ensino fundamental 1.

Os pais de Naruse são da província de Shiga, e parece que eles também têm um forte apego à Loja Seibu Ōtsu. A mãe de Naruse nasceu no mesmo ano em que a loja abriu, e sempre ia de Hikone, onde morava, até lá. Naruse dizia que os pais só haviam comprado o apartamento em que moram porque era perto da Seibu.

Em contrapartida, meus pais são de outra província. Eles não têm o mesmo apreço que os habitantes de Shiga pela Seibu, pelo mercado Heiwado ou pelo cantor Takanori Nishikawa. Minha mãe, nascida em Yokohama, desdenha abertamente de Shiga e diz que "se a Seibu fechar, o comércio aqui vai morrer". Aparentemente, a Oh! Me Ōtsu Terrace, vizinha da Seibu, não conta como estabelecimento comercial.

— Em agosto, um quadro do Gururin Wide vai ser transmitido ao vivo da Loja Seibu Ōtsu. Vai passar todos os dias, então queria que você assistisse, Shimazaki.

Gururin Wide é um programa do único canal local de Shiga, a Biwa TV, que passa das 17h55 às 18h45. Apesar de se propor a ser diário, não é exibido aos sábados, domingos e feriados.

— Tá bom. Você quer que eu grave?

— Não precisa se preocupar com isso.

Na minha opinião, valeria a pena registrar aquele momento, mas não sabia quais eram os critérios da Naruse.

— Talvez eu não consiga assistir todos os dias.

— Pode ser só quando você conseguir. Por favor.

Como sou uma amiga leal, na segunda-feira liguei a TV no Gururin Wide assim que cheguei em casa. Era meu dever assistir à Naruse.

Ela sempre tinha algo grandioso a dizer. Na redação de formatura do ensino fundamental 1, Naruse escreveu que seu objetivo de vida era viver até os 200 anos. Achei que ela queria passar por algum procedimento como criogenia, mas Naruse disse que pretende viver naturalmente até se tornar uma vovozinha de 200 anos.

Falei que, de acordo com o Livro dos Recordes, o máximo que uma pessoa viveu foi até os 122 anos, então seria difícil chegar aos 200. Ela respondeu com uma expressão impassível:

— Todo mundo, incluindo você, já vai ter morrido, então como vão saber?

Fiquei triste em não poder acompanhar a história de Akari Naruse com meus próprios olhos, mas ao mesmo tempo jurei ficar ao lado dela pelo maior tempo possível.

Recentemente, ela declarou que alcançaria a nota máxima de 500 pontos nas provas finais. Conseguiu 490, mas, mesmo não cumprindo o seu objetivo, Naruse não desanimou. De acordo com ela, se você fala cem coisas grandiosas e consegue apenas uma, as pessoas vão achar impressionante. Por isso é importante falar todos os dias para preparar o terreno. Perguntei a ela qual era a diferença entre dizer esse tipo de coisa e blefar, e após pensar um pouco, ela reconheceu que "é a mesma coisa".

No dia 3 de agosto, primeiro dia da transmissão, eu já estava no sofá em frente à televisão ligada cinco minutos antes do programa começar.

Não assistia ao Gururin Wide com atenção desde o quinto ano do ensino fundamental. Ou seja, não era um programa lá muito interessante. Talvez a escola tenha cooperado com a reportagem, porque, no final da reunião escolar, a professora anunciou: "Esta noite, Naruse vai aparecer no Gururin Wide." Mesmo assim, achei que só eu assistiria, então fiquei surpresa ao ver a reação dos colegas no dia seguinte.

Às 17h55, o programa começou, exibindo a logo do Gururin Wide e com a música de fundo cafona. Depois dos comerciais, a transmissão da Loja Seibu Ōtsu se iniciou. Enquanto clientes iam e vinham, apenas Naruse permanecia parada, para aparecer na televisão. Se ela estivesse apenas com seu cabelo preto até os ombros, máscara branca de TNT, saia preta e meias brancas do uniforme escolar, até pareceria uma estudante comum. Porém, Naruse estava vestindo um uniforme de beisebol — pelo "Lions" escrito na frente da camisa, devia ser o uniforme do Seibu Lions — e segurava o que parecia ser um minibastão de plástico em cada mão. Ela nunca havia me dito que era fã de beisebol.

No painel na frente da loja se lia FALTAM 29 DIAS PARA O ENCERRAMENTO. Enquanto a repórter falava "vamos fazer a contagem regressiva do encerramento da loja", Naruse ficou parada, olhando diretamente para a câmera. A repórter pareceu achar o jeito dela estranho, então virou o microfone para uma senhora que saiu da loja carregando uma sacola de papel com estampa azul e verde de bolinhas. A senhora disse: "Já vim aqui várias vezes, então sentirei falta", um comentário genérico, mas era exatamente o que o programa queria.

— Isso finaliza a nossa transmissão da Loja Seibu Ōtsu — concluiu a repórter, e a imagem mudou para o estúdio.

Liguei o tablet e abri o Twitter para ver se alguém havia mencionado Naruse. Procurei por palavras-chave como "Gururin Wide", "Biwa TV", "Seibu", "Lions", mas não encontrei nenhuma postagem.

Depois disso, continuei assistindo ao Gururin Wide. Passou uma propaganda da Deusa da Fortuna pedindo para as pessoas comprarem bilhetes da Loteria Jumbo de Verão, uma campanha de conscientização da Associação Odontológica da Província de Shiga, um comercial sobre uma loja de obentō para viagem recém-inaugurada em Nagahama e terminou com mensagens dos telespectadores, mas não houve mais nenhuma transmissão da loja Seibu Ōtsu.

Após o programa, Naruse veio à minha casa. Deveria ter gravado, mas, como Naruse disse para eu não fazer isso, achei rude contrariá-la.

— Você viu?

— Sim, você apareceu. Aquele era o uniforme do Lions?

— Isso mesmo.

Naruse tirou a camisa da mochila e me mostrou. Nas costas tinha o número 1 e o nome Kuriyama. Naruse a comprara por acaso pela internet e não sabia quem era Kuriyama. Ela achou que, por ser o número 1, devia ser o jogador principal.

— Foi bem inusitado, mas com certeza chamou a atenção.

Depois de dar minha opinião sincera, Naruse disse "Que bom", parecendo satisfeita.

No dia 4 de agosto, assisti ao Gururin Wide do sofá na sala de estar. Minha mãe, que trabalha como recepcionista em um consultório de dentista, estava de folga e assistiu ao programa comigo. Quando Naruse apareceu na tela, disse "Ela parece meio estranha ali", e soltou uma grande risada.

Minha mãe é uma das poucas pessoas que conhece Naruse desde pequena. Ela nunca falou nada de ruim sobre Naruse na minha frente, mas já deu a entender que a acha esquisita. Ultimamente, tem dito que "Akari é uma figura" e que a acha engraçada.

— Acho que ela vai na Seibu todos os dias até fechar.

— Que legal. Vai também, Miyuki.
A sugestão da minha mãe foi totalmente inesperada.
— Mas eu não tenho uniforme.
— Não precisa de uniforme para ir até lá, não é?
Quando eu disse que não iria por estar com vergonha, ela me emprestou seus óculos escuros.

No dia 5 de agosto, me dirigi à Loja Seibu Ōtsu. Naruse já estava a postos vestindo o uniforme. Ao me reconhecer, levantou a mão direita como um senhor fã de beisebol e disse "Ei". Ficamos afastadas uma da outra, com o painel de contagem regressiva e um mapa do prédio entre nós.

Quando coloquei os óculos escuros, Naruse disse alegremente:
— Você tá parecendo o Jun Miura.

Eu não sabia quem era Jun Miura. Estava com uma camiseta simples e uma calça jeans, me esforçando para parecer apenas a acompanhante de Naruse.

Ver o que acontece nos bastidores de um programa era novidade para mim. A repórter tinha uma voz aguda pela televisão, mas, surpreendentemente, no local da gravação sua voz não ressoava assim. Toda vez que ela se mexia, o cinegrafista se mexia junto. A repórter apontou o microfone para uma jovem mãe que empurrava um carrinho de bebê, com uma sacola da loja Akachan Honpo pendurada. Ela provavelmente está falando como "será inconveniente quando a Loja Seibu Ōtsu fechar".

Assim que a luz que um funcionário carregava se apagou, Naruse rapidamente tirou o uniforme e o colocou na mochila.
— Eu gravei a transmissão, vamos assistir.

Fui com Naruse para minha casa e assistimos novamente ao Gururin Wide.

— Estamos aparecendo mais do que eu esperava.

Como disse Naruse, nós aparecemos ao lado do painel de contagem regressiva com frequência.

— Dá pra saber que sou eu?

— Acho que todo mundo que te conhece consegue dizer que é você.

Naruse parecia estar ali casualmente, enquanto eu, com a maior parte do rosto escondida pelos óculos e pela máscara, parecia bem mais suspeita.

Procurei no Twitter de novo e finalmente encontrei uma postagem que dizia: "Estou intrigado com a pessoa de uniforme que sempre aparece na transmissão da Loja Seibu Ōtsu." Quando mostrei o tablet para Naruse, ela assentiu vigorosamente e disse como se tivesse entendido algo:

— Quando se aparece três vezes, dá pra ser considerada uma participante regular.

Nos dias 6 e 7 de agosto, Naruse ficou na entrada da Loja Seibu Ōtsu, e completou uma semana aparecendo na transmissão. Eu poderia ter ido se quisesse, mas infelizmente estava muito quente. Preferi assistir ao Gururin Wide no conforto do ar-condicionado.

— Bom, consegui completar uma semana graças a você, Shimazaki.

Após a transmissão de sexta-feira, Naruse veio à minha casa. Apesar de morarmos no mesmo condomínio, Naruse não me visitava com frequência. Era um saco ela me fazer de cúmplice, mas não achava ruim quando me procurava.

Ao olhar o Twitter, havia uma nova postagem de uma pessoa chamada Takurō dizendo: "A menina do Lions tá lá de novo hoje." Não mencionava o Gururin Wide ou a Loja

Seibu Ōtsu, mas pelo horário em que foi publicada parecia se referir à Naruse.

Além disso, uma mulher que estava no local disse à Naruse: "Você sempre aparece na transmissão, não é?" A situação estava gravada na memória de pelo menos três residentes da província de Shiga.

— Por que você resolveu ir todos os dias até lá?

Quando perguntei, Naruse ajeitou o clipe nasal da máscara e respondeu:

— Acho que vai ser uma boa lembrança desse verão.

Este ano, os eventos escolares foram cancelados ou reduzidos por conta da Covid-19. Eu faço parte do clube de badminton, mas o campeonato de verão foi cancelado, e treinamos apenas de manhã durante as férias. Além disso, as férias foram reduzidas a três semanas, do dia 1º a 23 de agosto, então este verão anda meio sem graça. O fechamento da Loja Seibu Ōtsu será o grande evento do verão do nosso oitavo ano.

— Você vai até lá de novo, Shimazaki?

Gostaria de me juntar à Naruse e criar essa lembrança, mas realmente não queria sair nesse calor.

— Se der, eu vou.

Assim que respondi, a expressão de Naruse se alegrou.

— Quando for, vista isso.

Naruse me ofereceu um uniforme do Lions Seibu. O número nas costas era o 3. Acima do número estava o nome Yamakawa.

— Você se deu ao trabalho de comprar dois uniformes?

— Foi por precaução.

Após um breve momento de hesitação, aceitei o uniforme.

No dia 11 de agosto, logo após o final de semana prolongado, eu estava em frente à Loja Seibu Ōtsu com o uniforme de Yamakawa. Achei que chamaria mais atenção do que Naruse se usasse os óculos escuros, então decidi não os colocar.

A equipe do programa fingia não nos ver, mas eu podia imaginar que pensavam "Tem mais uma" ao me ver.

Talvez tenham decidido agir daquela forma no primeiro dia, quando evitaram Naruse. Se tivessem sido simpáticos desde o início, poderiam trocar algumas palavras e perguntar "Trouxe uma amiga hoje?".

Porém, não posso negar a possibilidade de ter sido Naruse quem evitou a equipe. Não querendo me aprofundar muito no assunto, mantive distância e fiquei de pé em frente à entrada principal.

Hoje a entrevistada foi uma senhora. Com certeza os repórteres preferiam entrevistar idosos em vez de jovens como nós, já que provavelmente teriam um apego emocional muito maior à Loja Seibu Ōtsu.

Quando a transmissão acabou, fomos para minha casa assistir à gravação. Na hora não percebi, mas todos os clientes desviavam de nós. Como estava atrapalhando, a partir do dia seguinte Naruse ficaria ao lado da contagem regressiva como fizera até ali, e eu ficaria em outro lugar.

Em seguida, demos uma olhada no Twitter, e fiquei decepcionada por ninguém ter mencionado o programa. Parece que, no fundo, Naruse estava esperando que alguém a encontrasse.

— A maior parte das pessoas que assistem ao Gururin Wide são velhinhas — disse ela, confiante.

Um momento depois, Naruse perguntou:

— Por acaso, dá pra escrever algo na máscara? Tipo uma propaganda ou uma mensagem?

Naruse pegou uma régua, a segurou contra sua máscara e me pediu para ver o tamanho. Tinha cerca de doze centímetros de altura e dezoito de comprimento.

— Hum, acho que não dá pra escrever muita coisa.

Sugeri usar um abanador, do tipo que os fãs de k-pop usam, mas Naruse disse que não podíamos depender de apetrechos.

— O importante é aproveitar as máscaras. Vamos continuar usando por algum tempo, não tem por que desperdiçá-las.

No dia 12 de agosto, estava escrito, de caneta preta, "Obrigada, Loja Seibu Ōtsu" na máscara de Naruse. As letras estavam distorcidas para caberem no formato do rosto, e as sílabas "lo" e "tsu" eram quase ilegíveis, mas dava para entender pelo contexto.

Como combinamos no dia anterior, mudamos nossas posições. Quando um menino que deveria estar nos anos iniciais do ensino fundamental 1 apontou para Naruse e gritou "Tá escrito 'obrigada'!", a pessoa que parecia ser a mãe o pegou pela mão e acelerou o passo para entrar na loja.

Voltamos para casa e assistimos à gravação. Dava para ver que havia alguma coisa escrita na máscara de Naruse, mas não conseguimos ler o que era.

— Talvez seja melhor escrever uma palavra pequena? Ou então uma logomarca? — falei.

Naruse assentiu, dizendo:

— Uma propaganda para o McDonald's, a Nike ou a Apple funcionaria.

Não sei por que marcas tão grandes usariam a máscara de Naruse para fazer propaganda, mas percebi que ela estava sonhando alto.

Em 13 de agosto, Naruse escreveu "gratidão" na máscara. Quando assistimos à gravação mais tarde, apareceu em destaque na lateral da tela e deu para ler a mensagem.

— Dá pra ler se for uma palavra pequena.

Porém, não dá para dizer muita coisa com apenas uma palavra. "Gratidão" não é ruim, mas na máscara de Naruse parece estranhar. As mensagens nas máscaras foram suspensas por ora.

Quando checamos o Twitter, Takurō, que havia mencionado Naruse antes, escreveu: "Agora tem duas meninas do Lions!" Senti um quentinho no coração, que não sabia bem definir se era alegria ou vergonha.

— Mesmo que a audiência do Gururin Wide seja baixa, se 0,1% do 1,4 milhão de habitantes de Shiga assistir, já seriam 1.400 pessoas. Dentre elas, algumas provavelmente notaram a nossa presença.

Nós não tínhamos consciência disso no local da transmissão, mas existem espectadores do outro lado da tela. Quando pensei nessas pessoas nos assistindo com nossos uniformes do Lions, senti uma animação indescritível.

No dia 14 de agosto, encontrei Naruse no caminho, e quando chegamos à Loja Seibu Ōtsu, cinco minutos antes da transmissão começar, a equipe de filmagem não estava lá.

— Ué, será que cancelaram hoje?

Apesar da alta temperatura, senti minhas mãos e meus pés congelarem. Enquanto eu ficava nervosa, Naruse olhava para o mapa da loja silenciosamente.

— Talvez estejam no andar mais alto.

Pegamos o elevador até o sexto andar. Passando pela praça de alimentação, vimos os painéis da exposição *44 anos de história da Loja Seibu Ōtsu* e a equipe de filmagem. Percebi que um membro da equipe, segurando um microfone, nos notou e desviou o olhar. Naruse vestiu o uniforme, se posicionou casualmente em um lugar onde poderia aparecer na câmera e ficou de frente para os painéis fotográficos fixados na parede.

Eu também coloquei o uniforme e olhei para as fotos. Os painéis, que pareciam versões ampliadas de fotos desbotadas, mostravam como era a Loja Seibu Ōtsu quando foi inaugurada. O amplo mercado, uma cafeteria elegante, o agora extinto salão multiuso no quinto andar, o grande vão com o formato do lago Biwa conectando o quinto e o sexto andares, e o Paraíso das Aves, onde pássaros voavam livremente. Os lugares estavam cheios, todos parecendo muito animados. A Loja Seibu Ōtsu que conheço sempre foi deserta. Dizem que ficou assim porque os clientes foram para o Aeon Mall Kusatsu ou porque o comércio on-line cresceu. As pessoas nas fotos parecem todas felizes. Será que algum dia vou me sentir feliz assim em um estabelecimento comercial?

Enquanto olhava as fotos, absorta, a transmissão terminou. Naruse já havia tirado o uniforme.

— Vou olhar mais um pouco.

Naruse respondeu "Tá bom", e foi embora sozinha. Achei insensível da parte dela, mas sua atitude indiferente não era novidade.

A exposição *44 anos de história da Loja Seibu Ōtsu* ocupava toda a parede do sexto andar. O que vi primeiro foram as fotos da inauguração da loja, organizadas em ordem cronológica.

O ano em que nasci, 2006, marcou o aniversário de 30 anos do estabelecimento. O interior era praticamente o mesmo, mas as roupas dos clientes pareciam um pouco antiquadas.

— Mocinha, você sempre aparece na televisão, não é?

De repente, uma senhora puxou conversa, e percebi que esqueci de tirar o uniforme. Respondi "Sim!" sem pensar, mas quem sempre aparece é Naruse. Queria falar que ela tinha se confundido, mas é raro uma pessoa fazer compras vestindo o uniforme do Lions, então a confusão era compreensível.

— Que bom! Queria te entregar isso quando te encontrasse.

A senhora, usando uma máscara de renda no estilo da governadora de Tóquio, Yuriko Koike, tirou da bolsa um boné de beisebol azul com o rosto de um leão branco olhando para o lado e o logotipo "Lions".

— Aqui, um presente. É um pouco antigo, mas está lavado.

Eu educadamente recusei, mas a senhora insistiu.

— Não precisa ficar com vergonha — disse ela, empurrando o boné para mim e se afastando para ir embora.

Depois daquele ocorrido, fui à casa de Naruse.

Toquei o interfone e a mãe dela atendeu. Ela parecia um pouco deprimida, mas acho que sempre foi assim.

— Ah, Miyuki. Obrigada por sempre sair com a minha filha.

A imagem que tenho da mãe de Naruse é de uma pessoa quieta e sorridente. Ela não parece ser rígida em relação aos estudos da filha. E por sempre aceitar tudo o que a filha quer com um sorriso no rosto Naruse é como é.

— Err, a senhora é natural de Shiga, né?

— Isso mesmo.

Ela pareceu surpresa por eu puxar assunto. Também não me lembro de já ter conversado com a mãe de Naruse. Mesmo agora, parece haver uma barreira em chamá-la de "tia", então prefiro falar "senhora".

— Como está se sentindo com o fechamento da Seibu? A senhora é cliente há muitos anos, né?

— É triste, mas não tem nada que eu possa fazer, então só me resta esperar o dia do fechamento — respondeu ela, com um sorriso.

Naruse pareceu notar a minha presença e veio dos fundos do apartamento.

— O que houve?

— Preciso te entregar uma coisa.

Eu pretendia conversar ali na entrada mesmo, mas a mãe de Naruse nos disse para irmos para o quarto.

— Depois da gravação, uma senhora veio falar comigo e me deu isso.

Mostrei a Naruse o boné de beisebol.

— Disse que queria entregar à menina que sempre aparece na transmissão. É usado, mas foi lavado.

Depois de contar a história com algum floreio, Naruse colocou o boné sem questionar.

— Vou usá-lo a partir de segunda.

Sinceramente, eu não queria usá-lo, então fiquei aliviada ao ouvir aquilo.

— Não sabemos onde vão estar na próxima vez, então é melhor irmos cedo.

Quando não vi a equipe de filmagem na entrada principal, entrei em pânico. Não sei por que fiquei tão transtornada. Naruse estava muito mais calma.

— Bom, eu não sei se vou.

Nós acabamos formando uma dupla sem querer, mas a minha postura ainda era de ir apenas se eu pudesse. Esse projeto era coisa da Naruse.

No começo da semana seguinte, em 17 de agosto, após o feriado de Obon, as atividades do clube de badminton foram retomadas. Era coisa leve, das 9h às 11h30 da manhã.

— Miyuki, você apareceu na televisão outro dia? — perguntou Haruka, uma menina do clube.

— Sim, estava acompanhando a Naruse.

— Que doideira — disse ela, aos risos.

— Eu também vi. Foi na sexta, né? Na exposição de fotos da Seibu.

Mizune também entrou na conversa.

— No dia que eu vi, ela estava na frente da entrada, vestindo um uniforme de beisebol, não é?

É claro, por que não pensei nisso antes? As pessoas podem não assistir ao Gururin Wide todos os dias, mas talvez assistam por acaso. Mesmo que as duas tenham visto por apenas um minuto, se juntarem as peças do quebra-cabeça, não vão demorar muito para descobrir o que estou fazendo.

— Estou indo lá quase todos os dias com a Naruse.

Estava tentando jogar a responsabilidade na Naruse, mas vesti o uniforme e me juntei a ela por vontade própria. Achei que ficariam chocadas, mas Haruka e Mizune caíram na gargalhada.

— Não sabia que estava sendo filmando todos os dias! Também quero ir.

— Eu também!

Eu deveria ficar feliz com mais gente se juntando a nós, mas não estava no clima. A maneira como me comporto com Naruse e como me comporto no clube de badminton são diferentes. No entanto, não podia ignorar as duas, então lhes disse que a transmissão começava às 17h55, e que costumava ser em frente à entrada principal, mas que não sabia o local exato até chegar lá.

Estava planejando me dar uma folga essa semana, mas como Haruka e Mizune iriam, eu não tinha escolha senão ir também. Chegamos um pouco mais cedo e fiquei aliviada ao ver que a equipe de filmagem estava em frente à entrada principal. Como prometido, Naruse estava usando o boné do Lions. Espero que a senhora que me deu o boné esteja assistindo hoje.

— Outra pessoa acabou de me dar isso.

Naruse mostrou um bracelete azul no punho esquerdo.

— Parece até que você gosta muito do Lions.

— Sem sombra de dúvidas, sou fã da Seibu — disse ela, enquanto preparava seus minibastões.

— Talvez umas meninas do clube de badminton venham hoje. Quando falei que estava vindo todos os dias com você, elas disseram que queriam vir.

Naruse apenas respondeu "Ah é?", sem demonstrar interesse.

Haruka e Mizune saíram de uma loja pouco antes do início da transmissão. Naruse já estava se preparando em frente à câmera.

— Então é aqui que vocês ficam?

Como ambas pararam perto de mim, pedi que mantivessem distância. Se ficássemos muito perto uma da outra, a transmissão dos próximos dias poderia ser cancelada.

Quando Haruka e Mizune se afastaram e se posicionaram um pouco mais distantes, a repórter direcionou o microfone para elas. Eu não consegui esconder a minha surpresa. Em vez de falar com Naruse, que emanava seu amor pela Seibu da cabeça aos pés, ela escolheu falar com duas garotas do ensino fundamental 2 vestindo roupas casuais. Haruka e Mizune responderam às perguntas com um sorriso no rosto. Foi como se um grosso painel de acrílico tivesse surgido entre eu e elas.

A transmissão acabou e nos preparamos para ir embora. Haruka e Mizune relataram empolgadas sobre como haviam sido entrevistadas. Senti a inveja revirar meu estômago. "Bom pra vocês", disse friamente, e voltei para casa com Naruse.

— Você é quem deveria ter sido entrevistada, Naruse.

Quando confessei o que estava pensando, Naruse riu.

— Deixa disso. Programas de televisão querem ouvir comentários daquele tipo de garota.

Não havia pretensão na fala de Naruse, ela parecia ter aceitado aquela situação genuinamente. A calma dela me deixou brava.

— Já que está lá, você não quer ser entrevistada, ou aparecer mais?

Naruse respondeu "Não" prontamente. Ela pareceu não entender por que fiquei tão irritada. Deixei Naruse para trás e corri para casa.

Em 18 de agosto, após uma boa noite de sono, minha irritação passou e consegui interagir com Haruka e Mizune como sempre. Depois de conversarmos sobre a entrevista inesperada, perguntei no tom mais descontraído possível se queriam ir de novo.

— Acho que já está bom — disseram elas, aos risos.

Eu também achava, então não fui à Seibu nesse dia. Além disso, não queria encontrar Naruse. A transmissão ocorreu na frente da entrada principal, e ela estava ao lado do painel de contagem regressiva, que marcava 14. Como sempre, não foi entrevistada.

Eu não estava indo todos os dias como Naruse e também não fui entrevistada, como Haruka ou Mizune. Quando parei para pensar se minha presença era mesmo necessária, fiquei desmotivada.

No dia 21 de agosto, Naruse veio me visitar, após a transmissão.

— Como foi?

Quando Naruse perguntou, lembrei que o que ela queria desde o início era que eu assistisse ao programa. Sem dúvidas ela não se importa se eu não for.

— Você apareceu bastante.

Continuei assistindo todos os dias. Mesmo quando não precisava assistir, quando dava 17h50, percebia que era quase hora do Gururin Wide.

A transmissão foi feita no quinto andar, relatando a última liquidação da Loft. Naruse aparecia bastante na tela, atraindo o olhar de outros clientes.

— Talvez as transmissões de sexta sejam feitas de dentro do prédio.

Seguindo essa regra, a possibilidade da transmissão de sexta da próxima semana ser feita dentro do prédio era alta.

— As aulas voltam na semana que vem. O que você vai fazer nos dias de clube de atletismo?

— Vou chegar a tempo. Levo o uniforme e tudo, e vou direto da escola.

Provavelmente Naruse vai conseguir ir todos os dias até o fechamento definitivo da loja, sem levar bronca de ninguém.

— Vai ser cansativo.

Eu sentia que aquela situação toda não era pra mim. O clube de badminton vai até às 18h, e eu não tinha intenção de sair no meio para ir à transmissão.

— Também não vou conseguir assistir ao vivo.

— Tudo bem. Obrigada por ter acompanhado até agora.

Naruse se foi com essas palavras. Apesar de ter pulado fora por vontade própria, senti como se ela quem tivesse me deixado de fora.

No domingo à tarde, enquanto zapeava a televisão, estava passando um jogo do Seibu contra o Oryx. Fiquei com vontade de assistir, então parei para ver.

— Você também começou a assistir beisebol, Miyuki? — perguntou meu pai.

— Só hoje — respondi.

Os jogadores do Seibu estavam vestindo uniformes azul-marinho, não o uniforme branco como Naruse e eu usamos. No início do sexto *inning*, o jogador número 1, Kuriyama, levantou do banco para rebater. A imagem de Naruse no Gururin Wide se sobrepôs à de Kuriyama. Ele rebateu o primeiro lance e a bola foi parar na arquibancada. Mesmo não entendendo muito de beisebol, eu sabia que aquilo era um *home run*. Kuriyama tinha um rosto viril que lembrava o Sugimoto do clube de futebol.

No dia 24 de agosto ocorreu a cerimônia de abertura do segundo semestre, então não havia atividade dos clubes. Não aconteceu nada digno de nota além de Kawasaki, que se sentou ao meu lado, apontou para mim e falou: "Você apareceu na televisão usando o uniforme do Seibu, né?"

— Naruse, alguém da sua turma te perguntou se você apareceu na televisão?

— Não. Só algumas pessoas comentaram, mas a maioria provavelmente nem notou.

De fato, mesmo que algum colega com quem não converso aparecesse na televisão, eu não falaria com ele sobre isso.

— Tudo bem se eu também for hoje? — perguntei, pensando se precisava mesmo da permissão de Naruse, e ela respondeu "é claro".

A partir de amanhã, vou começar a voltar tarde por causa do clube, então essa seria a minha última chance.

Percebi que esqueci de procurar comentários no Twitter, então voltei para casa e fiz minha pesquisa. Takurō, que tem nos chamado de meninas do Lions desde o início, fez várias postagens falando da gente desde então. Uma dona de casa que mora em Kusatsu escreveu: "Sempre que ligo no Gururin Wide a menina com uniforme do Seibu aparece. Será que ela vai lá todo dia? rs"

Quando chegamos na entrada principal da Loja Seibu Ōtsu, dez minutos antes do programa começar, Naruse olhou para a contagem regressiva que dizia "faltam 8 dias" com uma expressão séria.

— Se continuar assim, no último dia vai ser "falta 1 dia". Não deveria ser "falta 0 dias"?

Depois que ela falou, percebi que Naruse tinha razão. Mas não podia ser um erro descarado. Enquanto comentávamos que, mesmo que fosse um engano, não seria possível simplesmente cortar dois dias, uma menina de cerca de 5 anos se aproximou.

— Moça do beisebol, hoje são duas!

A menininha me deu um papel dobrado. Quando abri, havia duas figuras desenhadas com as mesmas roupas. Uma usava um boné azul, a outra não. A pessoa que parecia ser a mãe da menina disse:

— Ela sempre vê vocês na televisão.

— Muito obrigada — respondi, sem pensar.

A menina acenou, dizendo "Tchauzinho", pegou a mão da mãe e entrou na loja. Achei estranho elas estarem na Seibu a essa hora, já que sempre nos veem na televisão, mas, quando olhei para o lado, fiquei surpresa ao perceber que os olhos de Naruse estavam marejados.

— Então isso acontece.

Entreguei o desenho a Naruse. Ela o guardou cuidadosamente na mochila, depois virou para a frente com o rosto sério, segurando os minibastões. Hoje as entrevistadas foram a mãe e a filha que vieram conferir as últimas liquidações.

Quando a transmissão acabou e tirei o uniforme, senti como se o verão tivesse terminado. Será que jogadores de beisebol do ensino médio também se sentem assim? Acho que ficariam bravos por eu me comparar a eles.

— Vou lavar o uniforme antes de te devolver, tá?

— Não, pode ficar com ele por um tempo, Shimazaki.

Guardei o uniforme na mochila, pensando que talvez ela fosse me pedir mais alguma coisa.

No dia 25 de agosto, quando voltei para casa depois das atividades do clube de badminton, dei uma olhada na gravação.

Naruse segurava o mascote de pelúcia do Seibu Lions, que deve ter sido um presente de alguém. Apesar do plano de colocar mensagens na máscara ter fracassado, não estaria completamente errado dizer que Naruse ajudou na divulgação do Seibu Lions. Na verdade, foi por causa dela que descobri o Kuriyama.

No dia 26 de agosto, ela estava no lugar de sempre. Minha mãe comentou que agora ela até parecia parte do cenário.

Quando este projeto começou, achei que apareceria alguém imitando Naruse. Talvez as pessoas não tivessem tempo ou achassem que o Gururin Wide não tinha tanta audiência assim, mas ninguém apareceu interessado na melhor posição ao lado do painel de contagem regressiva.

Naruse veio me visitar depois das 19h.

— Saiu no jornal.

Naruse me mostrou o jornal local *Diário de Ōmi*. Era uma publicação sobre o fechamento da Loja Seibu Ōtsu, com histórias de moradores locais.

Ela era uma entre inúmeros personagens. Havia uma foto dela, mas não dava para ver bem seu rosto escondido pelo boné e pela máscara.

"Akari Naruse (14 anos), estudante do oitavo ano e moradora da vizinhança, frequenta a Loja Seibu Ōtsu usando o uniforme do Seibu Lions. 'Neste verão, por causa da Covid-19, não tinha nada para fazer, então decidi ir à Loja Seibu Ōtsu como agradecimento por todos esses anos. Meu objetivo é continuar indo até o último dia.'"

Era engraçado, porque eu não conseguia conectar a Akari Naruse (14 anos) da reportagem com a Naruse que estava à minha frente.

— Faltam três dias.

Apesar de ser uma caminhada de cinco minutos da sua casa, deve ter sido difícil chegar lá no mesmo horário no calor. Faltavam três dias úteis.

— Espero que consiga ir até o final.

Naruse falou algo estranhamente pessimista, mas não dei muita atenção.

Apesar do dia 27 de agosto ser uma quinta-feira, a transmissão aconteceu dentro do prédio, e apresentou o quadro de mensagens ao lado do quiosque de informações. Eram três quadros de cerca de dois metros cada, posicionados ao redor de um relógio, e estavam cheios de mensagens dos visitantes do local.

A transmissão mostrou Naruse escrevendo uma mensagem. Fiquei curiosa para saber o que ela escreveu, mas seria quase impossível encontrar a mensagem no meio de tantas outras.

A transmissão do dia 28 de agosto foi dentro do prédio, seguindo o padrão, no Centro Hagu Mama do quarto andar. Ali havia uma área para crianças com escorregador, cozinhas de brinquedo e livros ilustrados, mas o local fora interditado desde o início da primavera por causa dos efeitos da Covid-19. Atrás da moça com uma criança comentando "Aqui foi onde meu filho deu os primeiros passos", estava Naruse, na seção de brinquedos.

No final da transmissão, a repórter anunciou:

— A próxima transmissão será no dia 31 de agosto, último dia de funcionamento da Loja Seibu Ōtsu. Por ser o último dia, todo o programa Gururin Wide será transmitido daqui!

O Gururin Wide termina às 18h45. Se eu for depois das atividades do clube, consigo chegar às 18h30. Com essa inesperada última chance, minha vontade de ir aumentou. Ainda bem que não devolvi o uniforme. Pensei em contar a novidade para Naruse na segunda-feira, quando estivéssemos indo para a escola.

No dia 30 de agosto, fui à Loja Seibu Ōtsu com a minha mãe. As prateleiras já estavam vazias por causa da liquidação e havia longas filas nos caixas. Foi a primeira vez que vi a Seibu tão lotada.

— Se houvesse tanta gente assim sempre, não estaria fechando — disse minha mãe, um comentário típico de quando uma loja fecha.

Não dava para ver direito na transmissão, mas o lago Biwa estava desenhado no quadro de mensagens da entrada. Parece que era para colocar cartões azuis na parte do lago Biwa, e os cartões laranja na parte da terra. Passei os olhos rapidamente, mas não encontrei o cartão de Naruse. Meu coração se aqueceu com as mensagens das pessoas, como "Fico feliz que tenha tido uma Seibu em Ōtsu", "Meu primeiro encontro foi na Seibu", "Obrigado pelas diversas memórias", "Era meu lugar favorito". Também queria deixar uma mensagem, então escrevi "Vim aqui diversas vezes, desde que era pequena. Obrigada por tudo".

Na manhã do dia 31 de agosto, quando saí de casa no horário de sempre, vi Naruse na entrada do condomínio com roupas casuais.

— Não vou para a escola hoje.

Por um momento, achei que ela fosse faltar para se preparar para o Gururin Wide. Eu estava prestes a responder que ela estava bem motivada por ser o último dia, quando Naruse disse, com uma expressão estranhamente triste:

— Minha avó morreu.

— Sua avó de Hikone?

— É. Nós vamos para lá agora.

— E o Gururin Wide?

Talvez fosse indelicado da minha parte, mas não consegui evitar a pergunta. Naruse balançou a cabeça em silêncio, em sinal negativo. Parecia estar pedindo para que eu não fizesse essa pergunta.

— Só queria te avisar. Tchau.

Depois de se despedir, Naruse desapareceu na direção do elevador.

Fui para a escola, mas minha cabeça estava em outro lugar. Durante as aulas, só conseguia pensar em Naruse e no Gururin Wide. Dentro de mim se misturavam sentimentos de resignação, pensando que não tinha jeito, e de questionamento, pensando se não havia algo que poderia ser feito. Como Naruse havia depositado sua confiança em mim, decidi que pelo menos deveria estar no programa desde o início. Por isso, larguei o clube no meio do treino e voltei para casa.

Enquanto me preparava para a última transmissão, procurei "Loja Seibu Ōtsu" no Twitter e encontrei uma avalanche de pessoas expressando tristeza com seu fechamento. Parece que ela está lotada hoje também.

Quando mudei a palavra-chave para "Gururin Wide", a quantidade de posts do dia caiu drasticamente. Takurō, que tem acompanhado Naruse desde o começo, publicou na sexta: "Acho que logo vamos dar adeus à menina do Lions." Eu queria lhe avisar que Naruse não poderia ir por problemas familiares, mas aprendi que não podia divulgar informações pessoais dos outros. Pensei em escrever "Naruse não vem hoje" na máscara, mas a não ser que seja um ávido telespectador, a pessoa não vai saber a diferença entre Naruse e eu.

Mas já que eu ia de qualquer forma, fiquei com vontade de escrever algo na máscara, então escrevi "Obrigada" bem grande.

Cheguei na entrada principal dez minutos antes de o programa começar, e achei que tinha parado no lugar errado. Estava lotado. Pessoas que vieram porque era o último dia estavam ali paradas, olhando as câmeras.

O painel de contagem regressiva dizendo "Falta 1 dia" estava cercado de gente tirando fotos como lembrança.

Enquanto vestia o uniforme para me preparar, senti os olhares das pessoas.

— Obrigada por ter vindo durante esse último mês.

Uma mulher de cerca de 40 anos se aproximou e me deu uma toalha do Seibu Lions. Ela ainda perguntou se poderíamos tirar uma foto juntas, e por alguma razão tiramos uma que parecia de casal. Pensei que não faria mal contanto que ela ficasse feliz, quando ouvi uma voz dizendo:

— Essa daí é uma impostora.

Era um homem de cabelos brancos e olhar reprovador.

— O rosto não é o mesmo da menina que sempre aparece na TV.

Não imaginei que haveria telespectadores ávidos ali. Comparada à Naruse, eu havia ido até a Seibu pouquíssimos dias. Ser apenas a acompanhante acabou se tornando a minha tragédia.

— Ela é minha amiga.

— Você tá mentindo! Não tente disfarçar! Você não tá nem usando o boné!

A mulher que me deu a toalha estava parada ali sem saber o que fazer. Também não havia como provar que ela era minha amiga. O homem provavelmente não acreditaria se eu dissesse que a avó de Naruse morreu. As pessoas ao redor olhavam como se não quisessem se envolver. E o Gururin Wide estava para começar.

— Shimazaki!

Virei na direção de onde viera a voz e a vi atravessando a rua, vestida com o uniforme com o número 1 nas costas. Também usava o boné e o bracelete.

Naruse correu até mim, dizendo "Cheguei a tempo". Sua máscara também dizia "Obrigada".

— O que aconteceu?

Fiquei tão aliviada que poderia chorar. O homem que estava me importunando havia desaparecido. A mulher que me deu a toalha também pareceu aliviada.

— Depois eu explico.

Coloquei a toalha azul em volta do pescoço de Naruse.

A transmissão começou, e a repórter virou o microfone para a multidão. Geralmente ela entrevistava apenas um grupo, mas dessa vez ela falou com duas ou três pessoas. Eu esperava que Naruse tivesse a vez dela, mas as entrevistas acabaram com o quarto grupo. A equipe de filmagem começou a se mover.

— Naquela hora, um senhor veio me encher o saco dizendo que eu era uma impostora.

— Que desastre. Desculpa o atraso.

Não achei que Naruse fosse se desculpar.

— Tudo bem. Que bom que você veio. Tudo bem com as coisas da sua avó?

— O velório vai ser amanhã. A família toda falou que se eu viesse hoje minha avó ficaria feliz.

Fiquei agradecida pelos parentes da Naruse terem deixado ela vir.

A equipe de filmagem subiu, indo do mercado do térreo para a seção de roupas femininas no primeiro andar, e em seguida para a de roupas masculinas no terceiro andar, como se estivesse fazendo um retrospecto do lugar. As únicas pessoas seguindo a equipe eram Naruse, eu e um grupo de estudantes do ensino fundamental 1.

— Por que você está vestindo um uniforme de beisebol? — as estudantes perguntaram para Naruse.

— Esse é o meu uniforme — respondeu ela.

O programa terminou no terraço do quinto andar. De pé, o gerente, com a Loja Seibu Ōtsu no fundo, falava com a repórter. A multidão estava atrás do gerente, mantendo uma distância segura.

— Ainda bem que foi no verão — disse Naruse.

— Por quê?

— Se estivesse escuro e frio agora, seria ainda mais solitário.

E foi assim que Naruse dedicou o verão do seu oitavo ano à Loja Seibu Ōtsu.

No dia 3 de setembro, quando o período de luto terminou, fui ver a Loja Seibu Ōtsu com Naruse depois das atividades do clube.

A loja deserta parecia ter envelhecido drasticamente. Os danos eram tão visíveis que era difícil acreditar que era o mesmo prédio de três dias atrás. O logotipo SEIBU em frente à entrada havia sido retirado, e a placa fora coberta com um pano. Funcionários estavam entrando e saindo para arrumar tudo, e provavelmente a demolição começaria logo.

Aparentemente, a avó de Naruse, que havia sido hospitalizada por conta de uma doença, esperava para assistir ao Gururin Wide. Até a transmissão do dia 28 de agosto, ela dizia alegremente "Hoje a Akari apareceu de novo", mas na madrugada do dia 30 sua condição piorou repentinamente e ela faleceu na manhã do dia 31. O painel de contagem regressiva da loja, perto de onde Naruse se posicionava, acabou contabilizando também os dias de vida restantes da avó dela.

— Naruse, você foi à Seibu por causa da sua avó?

— Em parte, sim, mas não foi a principal razão. Foi para ter um desafio que eu conseguisse realizar, mesmo em um momento como esse.

Eu queria que Naruse tivesse viralizado mais, mas ela não parecia tão animada com isso. A Biwa TV e o Gururin Wide tinham suas limitações.

Ainda assim, algumas pessoas vão se lembrar de Naruse ao pensar no fechamento da Loja Seibu Ōtsu. As pessoas que lhe deram produtos do Seibu, a menina que lhe deu o desenho, as pessoas no Twitter, o repórter que a entrevistou para o jornal, os telespectadores do Gururin Wide, todos são importantes testemunhas da existência de Akari Naruse.

— No futuro, vou construir uma loja de departamentos em Ōtsu.

— Boa sorte.

Pensando em como seria bom que as palavras de Naruse se tornassem realidade, olhei para o antigo prédio da Loja Seibu Ōtsu.

Nós viemos de Zeze

— Shimazaki, acho que vou me tornar a maior comediante do Japão.

Na sexta-feira, 4 de setembro, mais uma vez Naruse disse algo estranho. Eu estava preocupada com o desânimo dela depois do grande projeto envolvendo a Loja Seibu Ōtsu, mas parece que me preocupei à toa. Depois da aula, ela passou na minha casa para avisar que tinha algo importante para dizer.

Do outro lado da mesa, Naruse se sentou sobre os calcanhares com as costas eretas.

— Se tornar a maior comediante do Japão... você quer dizer que vai participar do M-1?

— Exatamente.

O M-1 Grand Prix, conhecido como M-1, era a maior competição de *manzai* do Japão, que começara em 2001. O *manzai* é uma das categorias mais populares de comédia do país e pode ser um esquete ou um diálogo divertido entre dois comediantes — o *boke*, que faz as piadas, e o *tsukkomi*, a figura sensata que aponta e corrige com humor as piadas do *boke*. A final é transmitida na TV em dezembro, então assisto com a minha família desde que era pequena.

Porém, nós nunca havíamos conversado sobre o M-1 Grand Prix ou sobre shows de comédia. Enquanto eu me perguntava por que o súbito interesse de Naruse nesse assunto, ela colocou um pedaço de papel sobre a mesa.

— Esse é o formulário de inscrição para o M-1 Grand Prix.

Meus olhos percorreram o formulário e não consegui deixar de pensar: "Como, nos dias de hoje, a inscrição ainda não é on-line?"

— Geralmente o prazo de inscrição é até 31 de agosto, mas, por causa da Covid-19, estenderam até 15 de setembro. Ainda dá tempo, então vamos nos inscrever.

Tinha alguma coisa errada. Algo estava no ar e eu não estava entendendo nada.

— Espera, com quem você vai participar?

Naruse fez uma cara de "Como assim?" e respondeu:

— Só pode ser com você, né, Shimazaki?

Coloquei a mão sobre a testa. Acho que é isso que chamam de convocação inesperada. Não acho que uma garota comum como eu consiga desempenhar a função de parceira de *manzai* de Naruse.

Em geral, quero apenas acompanhar as aventuras de Akari Naruse. Gostaria que parassem com essa história de chamar os espectadores da primeira fileira para o palco.

— Em vez de *manzai*, por que você não entra para uma competição de comediantes solo?

— Comediantes solo?

Naruse meneou a cabeça, parecendo extremamente séria, então comecei a achar que havia dito algo errado.

— Tem uma competição para comediantes solo chamada R-1 Grand Prix.

— Entendi. Talvez eu tente essa no ano que vem.

Naruse parecia decidida a participar do M-1 neste ano.

— Quando pedi à minha mãe para ser minha parceira, ela recusou na hora.

Como esperado, a mãe de Naruse, que acabara de perder a própria mãe, não estava a fim de fazer *manzai*. Ela é uma pessoa reservada e acho que não aceitaria nem em condições normais.

— Quando é a primeira rodada?

— Dia 26 de setembro, no sábado.

Olhei para o calendário na parede como se implorasse por ajuda, mas não havia nenhum compromisso escrito nessa data.

— Faltam só três semanas... Não tem problema?

— Não se preocupe. Deixe as piadas comigo.

Como este ano a vida escolar está sendo diferente, Naruse parece fascinada com eventos fora da escola. Eu até entendo, mas participar do M-1 Grand Prix não era dar um salto maior que a perna?

— Me parece outra ideia estranha...

— Eu assisti a uma apresentação engraçada de *manzai* na televisão e fiquei com vontade de tentar.

Curiosa sobre a apresentação que motivara Naruse, perguntei qual era.

— É aquela que a mãe esquece o nome de algo que parece cereal.

— Não é a dupla Milkboy?

Sem pensar, falei no mesmo estilo dos comediantes, imitando o dialeto de Kansai. Milkboy foi a dupla vencedora do M-1 Grand Prix anterior.

— Como esperado, Shimazaki, você é o *tsukkomi* perfeito.

Claro que é um exagero, mas não há ninguém melhor do que eu para responder sem rodeios à Naruse. Além disso, não quero que ela perca a oportunidade de subir no palco por minha causa.

— Tá bom. Vou participar com você.

Naruse colocou as mãos na mesa e se curvou respeitosamente, dizendo "Obrigada".

— Você assiste ao M-1 Grand Prix todos os anos, Shimazaki?

— Minha mãe assiste, então eu sempre vejo.

— É muito bom contar com você.

Naruse parecia satisfeita, mas se fosse possível criar piadas divertidas só assistindo ao M-1 Grand Prix, nada disso seria um problema.

— Onde vai ser a primeira etapa?

— No Asahi Seimei Hall em Yodoyabashi, Osaka.

Leva cerca de uma hora daqui até o centro de Osaka, mas raramente vou para lá, já que consigo tudo o que preciso em Quioto. Porém, por causa dos efeitos da Covid-19, tenho passado mais tempo na província de Shiga.

— Primeiro, vamos tirar uma foto para o formulário de inscrição.

Naruse tirou a própria câmera digital da mochila, ajustou o temporizador e a colocou na estante em uma altura apropriada. Fiquei de pé com as costas contra a parede, tirei a máscara e olhei para a câmera.

— Geralmente, o cara engraçado fica na direita, e o cara sensato, na esquerda.

Ao dizer isso, Naruse se colocou no meu lado esquerdo.

— Quê?!

Antes que eu pudesse protestar, o temporizador apitou.

— Naruse, você é a engraçada, não é?

Ela não havia me elogiado por ser o *tsukkomi* perfeito? Naruse colocava a máscara calmamente.

— Você realmente é boa fazendo o papel da pessoa sensata. Mas aí acaba sendo uma conversa normal. Se fizermos o oposto, vai ser mais interessante como *manzai*.

Por que ela estava tão confiante se não parecia saber muito de *manzai*?

— Se você diz, não me importo em ser a engraçada...

Naruse pegou a câmera e checou a tela.

— Quando ficarmos famosas em alguns anos, essa foto provavelmente será usada.

Na foto, Naruse olhava fixamente para a câmera, enquanto meu olhar parecia vago. Se alguma dupla se inscrevesse com uma foto daquelas, teria sido desqualificada. Acho que Naruse também achou a foto ruim, porque disse para tirarmos outra.

— Ah é, vamos vestir o uniforme de beisebol.

Naruse tirou da mochila o uniforme com o número 1 nas costas.

— Você sempre anda com isso?

— Nunca se sabe quando posso precisar.

Eu também tirei meu uniforme com o número 3 do guarda-roupa e vesti por cima da camisa do uniforme escolar.

Na segunda foto, nossas expressões estavam mais suaves. Graças ao uniforme, também havia uma sensação de unidade. Fiquei me perguntando se não precisávamos da permissão do time para usá-lo, mas acho que poderia pensar nisso depois de fazer sucesso.

Parecendo satisfeita, Naruse guardou a câmera e o uniforme na mochila.

— Você já decidiu o nome da dupla?

— Então, o que acha de Zeze Lions?

A estação Zeze é a mais próxima de onde moramos. Ela é conhecida na região de Kansai como um dos nomes de localidade mais difíceis de ler, então parece uma boa ideia usá-la no nome da dupla. Porém, o Lions que vem depois não soa nada bem.

— Não parece nome de condomínio?

— E Zeze Girls?

Fiquei impressionada com a falta de criatividade de Naruse para arrumar nomes. Como ela, que é tão boa em tudo, só conseguia pensar em nomes sem graça? Desse jeito, as piadas também não iam dar certo.

Eu acho que o nome da dupla tinha que ser simples e impactante, algo fácil de se lembrar. Como os ideogramas que formam Zeze são difíceis de ler, seria melhor se fosse escrito em hiragana ou katakana.

— Já sei. O nome será "De Zeze", escrito em katakana. Podemos dizer "Nós somos 'De Zeze' e viemos de Zeze!", e aí começamos a cena.

Quando sugeri isso, Naruse arregalou os olhos e falou que havia gostado. Eu queria refinar um pouco mais a ideia, mas assim parecia apropriado, e seria melhor não forçar.

Naruse escreveu "De Zeze" na seção do nome da dupla. Eram duas palavras simples, mas escritas na letra de Naruse pareciam de origem nobre.

— Podemos usar nossos nomes verdadeiros?

Apesar de termos falado que íamos apenas nos inscrever, havia muitas questões para decidir. Ela escreveu nossos sobrenomes, Naruse e Shimazaki, e preencheu as outras informações necessárias.

— Ah é, menores precisam da autorização dos pais. É melhor a sua mãe também assinar, Shimazaki.

Assim que peguei o formulário de inscrição e saí do quarto para pedir a autorização da minha mãe, recobrei os sentidos. Será que era mesmo uma boa ideia eu participar do M-1 Grand Prix?

Ao mesmo tempo, também estava animada. Nunca havia feito um *manzai*, e não tinha muita certeza sobre a habilidade de Naruse, mas talvez desse certo se tentássemos.

Quando perguntei para minha mãe, que estava na cozinha, se eu poderia participar do M-1 Grand Prix com a Naruse, ela prontamente respondeu "Pode, ué".

— Que tipo de *manzai* vão fazer? Um diálogo? Um esquete? Eu sempre quis participar pelo menos uma vez.

Minha mãe, que assiste ao programa desde a primeira temporada, não conseguia conter a curiosidade. Fiquei pensando que ela deveria se juntar à Naruse, mas não sei se eu ia gostar muito disso.

Quando pedi para minha mãe preencher o formulário, ela escreveu o nome e o endereço, e então carimbou sua assinatura.

— Que vergonha, a letra da Akari é mais bonita que a minha — comentou ela.

— Isso quer dizer que comediantes também pedem para as mães inserirem suas informações?

Ao ouvir as palavras de minha mãe, fiquei imaginando as mães da dupla Milkboy preenchendo o formulário de inscrição.

— Não, isso é só para os menores de idade.

— Hahaha, é verdade.

Ao voltar para o quarto, Naruse escrevia algo em uma folha de papel.

— Ela disse que posso participar.

— Que bom.

Naruse verificou se tudo estava preenchido no formulário e balançou a cabeça.

— Certo — disse ela.

— A saúde vem em primeiro lugar, então vamos tentar não nos sobrecarregar.

E, assim, a dupla De Zeze deu o primeiro passo para se tornar a melhor dupla de comediantes do Japão.

Depois que fomos selecionadas para participar, decidi que precisava dar o nosso melhor. Então, para me preparar, resolvi assistir aos M-1 antigos disponíveis na internet.

Eu nasci em 2006, então não acompanhei da primeira à quinta temporada da competição. Enquanto mexia no controle remoto da TV, em dúvida de qual assistir, minha mãe veio e se sentou ao meu lado.

— Vamos ver o de 2004.

Ela disse que foi uma temporada memorável, com a participação de muitas duplas de comediantes que eu conhecia da TV. Foi interessante ver como os participantes, que agora são apresentadores de programas de variedades, contavam suas piadas no início da carreira.

A apresentação vencedora da dupla Untouchable era sobre o noivo indo cumprimentar o sogro no casamento, e é engraçada até hoje. Minha mãe riu tanto que chegou a chorar.

Depois disso continuei assistindo, pulando algumas coisas, seguindo as recomendações de minha mãe. Até então, eu havia assistido como uma espectadora casual, mas agora começava a ver do ponto de vista do artista, me perguntando como criaram tal piada, ou pensando no *timing* perfeito do *tsukkomi*.

Em alguns anos, se Naruse realmente se tornar a maior comediante do Japão, continuarei sendo sua parceira ou será outra pessoa? No momento, eu nem sequer sei contar uma piada.

Na manhã do dia 7 de setembro, início da semana, assim que nos encontramos no lobby do condomínio, Naruse disse:

— Pensei em uma cena, vamos tentar depois.

Apesar de estar ansiosa, não quis parecer desesperada, então só respondi:

— Tá bom.

Depois que as atividades do clube acabaram e eu voltei para casa, começamos a ensaiar a cena no meu quarto.

— O que acha?

Na folha que Naruse me entregou, estavam as nossas iniciais "N" e "S", ao lado de nossas falas.

N: Olá! Olá!

S: Sou Shimazaki.

N: E eu sou Naruse.

Ambas: Nós somos De Zeze, e viemos de Zeze! Prazer!

S: Quando eu crescer, quero ser jogadora profissional de beisebol.

N: Você tá brincando. Você nem sabe as regras.

S: Sei sim. É só arremessar e bater.

N: Mais ou menos.

S: Você não conhece o meu potencial.

N: Mas você já está no oitavo ano. Se fosse mesmo talentosa, já teria se destacado.

S: Posso ter uma chance se eu for recrutada, não é?

N: Como pretende fazer isso?

S: Se eu andar com esse uniforme de beisebol o tempo todo, podem me confundir com uma jogadora.

N: Você só seria esquisita.

O jeito como ela falou me fez franzir as sobrancelhas. Há várias coisas que queria dizer, mas resolvi apontar o maior dos problemas.

— Eu não falo o dialeto de Kansai.

Meus pais falam o japonês padrão, então eu falo com essa entonação. Às vezes uso o dialeto de Kansai quando converso com pessoas que sabem, mas não acho que falo bem.

— Você também não fala no dialeto de Kansai normalmente, Naruse.

— Eu falo quando sinto vontade.

Como os pais dela são de Shiga, o sotaque de Kansai de Naruse sai naturalmente.

— Analisando as edições passadas do M-1 Grand Prix, vi que comediantes de Kansai têm uma vantagem esmagadora. Por causa do nome "De Zeze", achei que seria melhor falar no dialeto de Kansai.

— Mas é melhor falar do jeito que estamos acostumadas em vez de tentar forçar outro dialeto.

Deixando de lado a questão do dialeto, o roteiro de Naruse é meio fraco. É fácil de entender e tem um diálogo equilibrado, o que são bons pontos, mas é apenas uma conversa. Será que ela está nervosa por ser a primeira vez? Se vamos fazer isso, não deveríamos tentar fazer a melhor performance possível desde o início?

Como eu poderia dizer isso para ela? Enquanto ponderava, comecei a me sentir mal por Naruse. Ela dedicou seu tempo para pensar no roteiro, então sugeri que tentássemos atuar pelo menos uma vez.

Ficamos lado a lado com as costas viradas para a parede, segurando o papel no meio para que ambas conseguíssemos ver.

— Olá!

— Nós somos De Zeze, e viemos de Zeze! Prazer!

Mesmo que não houvesse ninguém ouvindo, comecei a ficar com vergonha. Tentei falar no dialeto de Kansai, mas não conseguia soar natural. Não sabia que expressão fazer quando terminamos, então apenas sentei à mesa em silêncio, de frente para Naruse.

— Naruse, você acha mesmo que essa cena é engraçada?

Ao apontar para a folha e ir direto ao ponto, Naruse fez uma expressão séria e reconheceu que a cena não era engraçada.

— Também vou pensar em algo. Primeiro, acho que não devíamos fazer piada sobre beisebol. Tem muita gente entendida do esporte e muitas duplas já fazem piada sobre esse tema. Não precisamos competir fazendo graça sobre o que não sabemos. Além disso, a piada não surpreende. Precisamos de piadas mais impactantes.

Assim que abri a boca, inesperadamente as críticas saíram com facilidade.

— Desculpa, falei demais.

— Fique à vontade. Uma dupla que consegue falar sobre qualquer coisa tem mais chances de crescer.

Naruse anotou no papel: "beisebol não dá" e "piadas impactantes".

— Que temas você acha legal, Shimazaki?

— Acho que qualquer coisa mais familiar.

Eu entendo por que Naruse queria contar piadas sobre beisebol. Nós vamos nos apresentar vestindo o uniforme do Seibu Lions. O público vai nos associar ao beisebol. Mas, para mim, esse uniforme lembra a Loja Seibu Ōtsu.

— Por exemplo, nós podemos relacionar a cena com a Loja Seibu Ōtsu.

Naruse pegou outra folha de papel e anotou "Loja Seibu Ōtsu".

— Você falou que queria construir uma loja de departamentos em Ōtsu, e acho que isso também pode fazer parte da cena. Além disso, você falou que ia fazer uma bolha de sabão gigante, que viveria até os 200 anos, que teria um programa na rádio, e até que apareceria no Kōhaku Utagassen no Ano-Novo...

Foi como se uma lâmpada tivesse se acendido sobre a minha cabeça. Não era hora de fazer uma cena sobre beisebol. Era hora de fazer uma cena sobre a Naruse. Por que não fazer uso dessa personagem?

— E isso é interessante?

Naruse cruzou os braços, intrigada. Ela sempre foi do tipo de falar algo grandioso como se fosse a coisa mais natural do mundo. Não era de se estranhar que ela não enxergasse o lado cômico disso.

— Para ficar mais interessante, acho que é você quem deveria ser fazer o papel de *boke*. Se você disser "Eu vou viver até os 200 anos", eu posso responder seriamente "Isso sim entraria para o Livro dos Recordes". É isso, me deixa ser o *tsukkomi*!

— Não sabia que você era tão entusiasta da comédia, Shimazaki.

Naruse pareceu impressionada. Mas a verdade é que não sou entusiasta da comédia, sou entusiasta da Naruse. Como posso convencer a todos de que ela é engraçada?

— Acho que seria bom se eu falasse "Eu vou viver até os 200 anos", e você responder "Pois então eu vou viver até os 300".

A ideia que Naruse deu também é boa. Não achei que seria tão difícil encontrar uma resposta certa. Por isso muitos aspirantes vão para escolas de comédia. Pensando bem, o roteiro de beisebol que Naruse escreveu não é tão ruim.

— É mais difícil do que pensei.

Naruse coçou a cabeça.

— Até onde você quer ir esse ano, Naruse?

— A princípio, só participar já seria o bastante. Não vai ser fácil passar da primeira rodada com tão pouco tempo de preparo. Mas depois do que você falou, percebi que tenho que dar o meu melhor.

Eu assenti. Nós duas queremos nos esforçar para fazer o melhor *manzai* com as habilidades que temos agora.

— Eu também vou tentar pensar no diálogo. Vamos nos encontrar de novo amanhã para conversar.

— Tá bom.

Naquela noite, tentei escrever o roteiro em uma folha de papel, mas, logo após escrever as saudações, não consegui mais mover minha lapiseira.

Decidi então procurar vídeos da primeira rodada do M-1 Grand Prix no YouTube, na esperança de encontrar algumas dicas. Os resultados da busca estavam cheios de vídeos com o título "Prêmio Bom Amador". Aparentemente, esse prêmio é concedido a duplas amadoras que apresentaram um excelente *manzai*, independentemente de passarem ou não para a próxima fase.

Coloquei só pra ver como era, mas foi tão interessante que até me acomodei melhor para assistir mais. As duplas falavam muito bem.

Na final, a cena deve ter quatro minutos, mas na primeira rodada tem dois, o que é um ponto importante. Eu achava que era curto demais para um *manzai*, mas se o bordão for bom, pode se tornar um *manzai* muito satisfatório. Por outro lado, como não tinham muito tempo, os comediantes engatavam uma piada na outra, intensificando o diálogo.

Para começar, tentei escrever algo natural, imaginando a expressão de Naruse.

N: Eu vou viver até os 200 anos.

S: Isso sim entraria para o Livro dos Recordes.

N: Já tracei meu plano de vida.

S: Me conta.

N: Vou me casar com 140 anos.

S: Mas só daqui a 100 anos? Ainda falta muito.

N: Então vou para um pouco antes. Com 15 anos, vou encontrar uma nota de mil ienes e levar na polícia.

S: Agora você foi específica demais!

N: Aos 22 anos, vou jogar no Seibu Lions.

S: Mesmo sem ter experiência em beisebol?

N: (Entrando no papel) Eu nunca imaginei que conseguiria entrar no time!

S: E quais são os seus planos para o futuro?

N: Primeiro, quero decorar as regras.

S: Fãs de beisebol de todo o país vão cair matando!

Após escrever, senti que as piadas eram fracas. Naruse é engraçada, mas ela é tão engraçada quanto uma garota do ensino fundamental 2. Vamos precisar nos esforçar mais para elevá-la ao nível da comédia *manzai*.

No dia seguinte, no caminho de volta da escola, conversei sobre o diálogo com Naruse.

— Dá pra perceber o quão divertido é o *manzai* profissional.

Como disse Naruse, estamos em um nível completamente diferente.

— Achei que daríamos um jeito se falássemos bem alto, mas não é o caso.

— Realmente, não é tão fácil assim.

Dei risada ao imaginar Naruse gritando, alguém que geralmente fala em um tom desinteressado. Seria como a dupla Untouchable?

— E se a gente tentar imitar um *manzai* do Untouchable?

Uma vez, quando eu estava no ensino fundamental 1, a lição de casa foi copiar um texto do livro de língua japonesa. Fiquei me perguntando por que eu tinha que me dar ao trabalho de escrever aquilo à mão, como os alunos de antigamente. Minha professora disse que, se eu copiasse bons textos, entenderia o ritmo deles. Da mesma forma, pensei que, se copiássemos bons *manzai*s, talvez conseguíssemos absorver algo.

Quando cheguei em casa, procurei no tablet e encontrei a transcrição das cenas da final do M-1 Grand Prix. Depois de assistirmos e entendermos o ritmo da cena, Naruse faria o *boke*, e eu o *tsukkomi*. Embora nossa atuação estivesse longe de ser boa, só o fato de seguirmos um roteiro de alta qualidade já criava certa harmonia entre nós, amadoras. Naruse não estava gritando, mas parecia falar com mais energia do que o normal.

— Quero fazer exatamente assim.

Acho que Naruse também sentiu que estava funcionando.

— Isso seria plágio.

— Mas, no fim das contas, não é isso? Para amadores só resta ser influenciados por profissionais e fazer cenas parecidas.

Talvez fosse verdade.

— Acho legal que no meio parece uma peça.

— Um esquete de *manzai*, né?

Naruse começou a escrever uma nova cena em uma folha de papel.

S: Recentemente, a Loja Seibu Ōtsu perto de casa fechou.

N: Isso aconteceu mesmo (olha para longe).

S: Por que você tá falando como se tivesse acontecido há tanto tempo? Foi no mês passado!

N: Eu decidi que vou construir uma nova loja de departamentos ali.

S: Sozinha?!

N: (Entrando no papel) Obrigada a todos que vieram para a inauguração da filial de Ōtsu da Loja de Departamentos Naruse. Eu sou a fundadora Akari Naruse.

S: Ninguém se refere a si mesma como "fundadora".

N: Aqui é o melhor lugar para flutuar no lago Biwa.

S: Você vai construir a loja sobre o lago Biwa?

N: Os senhores podem aproveitar os 27 andares da nossa loja para fazer suas compras.

S: É uma construção gigantesca.

N: Porém, não temos elevadores nem escadas rolantes, então pedimos encarecidamente que utilizem as escadas.

S: Que cliente subiria até o 27º andar de escada?!

N: Aliás, o mercado fica no 27º andar.

S: Não deveria estar no último andar! Vai ser um sofrimento carregar as compras!

— Incrível! Melhorou!

Talvez graças ao exemplo do Untouchable, nosso roteiro está ficando cada vez mais parecido com um verdadeiro *manzai*. Com isso, talvez possamos, ao menos, ser comediantes medianas.

— Quando tivermos uma boa quantidade de diálogos, podemos corrigir enquanto ensaiamos. Estaremos ocupadas em setembro, então queria deixar tudo pronto logo.

O Festival Cultural acontecerá em 16 de setembro, e o teste de aptidão vai ser no dia 25. Nos anos anteriores, todos os alunos da escola se reuniam no ginásio para a competição de coral, mas este ano, como medida contra a Covid-19, cada classe fará um vídeo e as turmas se reunirão para assistir.

A produção do vídeo era feita principalmente por alunos que se destacavam ou que entendiam de edição de vídeo, e outras pessoas, como eu, apenas faziam o que nos mandavam. Era bem mais fácil do que a competição de coral.

— Que tipo de vídeo a sua turma vai fazer, Naruse?

— Vamos fazer uma peça de teatro e cada um vai apresentar uma habilidade especial. Eu vou ser uma bruxa.

Naruse fez a lapiseira que segurava desaparecer.

— Uau! Você sabe fazer essas coisas?

Apesar de ver de perto, não fazia ideia de onde a lapiseira havia ido parar.

— A prática leva à perfeição.

Naruse tirou a lapiseira de algum lugar mais uma vez e voltou a escrever o roteiro. Acho que, se a prática leva à perfeição, talvez conseguíssemos fazer o mesmo com o *manzai*.

Quando o roteiro da Loja de Departamentos Naruse ficou pronto, a direção ficou mais clara. Na ida e na volta da escola ensaiamos o diálogo, alterando para maneiras mais fáceis de falar e expressões que seriam mais engraçadas. Estávamos tão concentradas que às vezes nossas colegas passavam por nós dizendo "Bom dia" e nem notávamos.

— Chegou a hora de subirmos no palco e deixar as pessoas assistirem.

— O quê?!

Achei que fôssemos para a primeira rodada do M-1 Grand Prix sem ninguém saber. Conhecendo Naruse, ela provavelmente já tinha decidido a quem apresentar. De repente, tive um mau pressentimento.

— Para quem vamos nos apresentar?

— Para os alunos do oitavo ano.

Cobri o rosto com as mãos.

— Eu inscrevi nossa dupla para a apresentação livre do Festival Cultural.

No Festival Cultural, após a performance de cada turma, há apresentações voluntárias, como de piano ou uma banda. Dos 240 alunos, apenas dez se apresentam, e são apenas as pessoas extremamente talentosas ou as que gostam de chamar a atenção.

— Você poderia ter falado comigo antes de nos inscrever!

— Bom, já que vamos participar do M-1, pensei que nos apresentar no Festival Cultural não seria nada de mais.

A percepção de Naruse é completamente diferente da minha. Assim como ela não sente vergonha de entrar nua nas fontes termais repletas de desconhecidos, ela se sente tranquila ao se apresentar para os jurados do M-1 Grand Prix.

— Impossível. Por que você não faz os truques de mágica sozinha?

— Antes de nos apresentarmos no M-1, quero saber se a plateia vai rir. Você não quer que as pessoas vejam o *manzai* pelo qual você se esforçou tanto?

— Não. Se eu errar, vou ficar envergonhada.

Assim como muitos da turma, me sinto relutante em participar da apresentação livre e fazer o *manzai* toda empolgada.

— E se você esconder o rosto?

Eu me imaginei subindo no palco com uma máscara de lutador de luta livre, mas ficaria ainda mais constrangida se as pessoas descobrissem que era eu.

— Hum, posso dizer que estou te acompanhando a contragosto?

Naruse é conhecida por ser excêntrica. Se eu fingir que não tive escolha a não ser acompanhá-la, acho que as pessoas vão entender que era algo inevitável.

— Tá, pode ser.

Ela ajustou a máscara e levantou os dois punhos, como se dissesse "Vamos nessa".

Na véspera do festival, os participantes da apresentação livre se reuniram no ginásio para definir a ordem e as posições. De Zeze seria a primeira apresentação, e estava visivelmente sendo tratada como a abertura do evento. Depois seria a apresentação de piano da Rira Kunitomo, malabares de Tsushima e a banda de Ōsawa e seus amigos.

— Eu nunca conseguiria fazer um *manzai*. Estou ansiosa para ver.

Rira, que é nossa colega desde o ensino fundamental 1, nos cumprimentou. Porém, no fundo comecei a me sentir paranoica, pensando se ela não estaria tirando sarro da gente.

Desde a espera nos bastidores, eu já estava inquieta e nervosa. Por outro lado, Naruse, que sempre se gaba de nunca ter ficado nervosa na vida, estava como sempre no seu ritmo habitual.

— A apresentação pra valer é só amanhã, então podemos pegar leve hoje.

— É, mas...

Já estivemos naquele palco antes para a competição de coral, mas é completamente diferente estar lá com a turma inteira e estar lá só você e outra pessoa.

— A abertura é o *manzai* das De Zeze! Entrem!

A membra do comitê executivo que atuava como mestre de cerimônias anunciou, e eu e Naruse subimos ao palco. Na plateia, onde cadeiras dobráveis estavam alinhadas, três membros do comitê se encontravam sentados de forma dispersa, verificando a visibilidade do palco. Mesmo com apenas três pessoas nos assistindo, senti os olhares direcionados para mim, e meu rosto começou a esquentar.

— Olá! Olá!

Não precisava necessariamente falar "Olá! Olá!", mas a maioria dos comediantes de *manzai* falavam, então pareceu mais natural falar "Olá! Olá!".

— Recentemente, a Loja Seibu Ōtsu perto de casa fechou.

Achei que ficaria mais calma quando começasse o *manzai*, mas estava completamente enganada. Não sabia o que fazer caso errasse alguma fala, ou esquecesse o que viria em seguida, não conseguia parar de me preocupar. Para manter a calma, tentei me convencer de que estava apenas acompanhando Naruse.

— As pessoas podem utilizar paraquedas para descer do último andar.

Naruse entregou uma fala improvisada. Entrei em pânico com as palavras que não estavam planejadas.

— Quê? Hã? Isso não faz sentido!

Se alguém improvisa uma vez, você espera que ela improvise de novo. Porém, não houve mais improvisações, e chegamos até o "É isso! Muito obrigada!" conforme o roteiro. Ouvindo os aplausos esparsos dos membros do comitê, voltamos para a coxia.

— Foi muito legal!

Naruse limpou o suor da testa com a toalha do Seibu Lions que estava em seu pescoço.

— Legal, nada! Por que você improvisou?!

— É um ensaio, então pensei em tentar e ver o que aconteceria.

Naruse explicou tranquilamente, sem sinais de remorso.

— Não faça isso na apresentação de verdade.

— Pois é, se o improviso dificultar a sua performance, é melhor não fazer.

Apesar de Naruse ter concordado em não improvisar, o plano de nos apresentar para 240 pessoas permaneceu inalterado. Só de pensar na apresentação pra valer, já doía meu estômago.

No dia do Festival Cultural, por causa da apresentação livre, não consegui me concentrar no quiz nem nos vídeos das turmas.

Assisti com atenção apenas ao vídeo da turma de Naruse. Ela interpretava uma misteriosa bruxa que fazia uma chave surgir do nada e a entregava ao protagonista, um papel importante na história. Os outros colegas apareceram em grupos, e dava para perceber que Naruse era a única que parecia deslocada.

Depois de assistir aos vídeos de todas as turmas, houve um intervalo de dez minutos. Como nossa apresentação estava para começar, fomos para a coxia e colocamos os uniformes de beisebol. Estava ainda mais nervosa do que no dia anterior, e minhas mãos tremiam enquanto abotoavam a camisa.

— Naruse, você não fica nervosa nessas horas?

— Não sei muito bem o que é ficar nervosa. Querer começar logo, ficar animada... Isso também conta como nervosismo?

— Acho que é um pouco diferente.

O intervalo acabou e todos ocuparam seus lugares. Conforme a apresentação se aproximava, ficava mais difícil de respirar.

— Nós praticamos tanto, com certeza vai dar tudo certo.

Naruse pousou a mão no meu ombro esquerdo. Fiquei repetindo para mim mesma "Com certeza vai dar tudo certo". A mestre de cerimônias deu início às apresentações livres e chamou:

— A abertura será o *manzai* das De Zeze. Podem entrar!

— Olá! Olá!

No momento em que me posicionei na frente do microfone, minha mente deu branco. Os 240 colegas usando máscaras estavam sentados nas cadeiras dobráveis, olhando na nossa direção. Achei que teriam mais murmúrios, mas, por causa do distanciamento social, ninguém estava conversando. Não achei que os efeitos da Covid-19 chegariam até aqui.

Eu estava muda, então Naruse levantou a voz e disse:

— Nós somos De Zeze, e viemos de Zeze! Prazer!

— Mas todo mundo aqui é de Zeze!

Sem querer, soltei a primeira coisa que me veio à cabeça. Foi um improviso, e ainda por cima no dialeto de Kansai. Os olhos de Naruse demonstraram um momento de confusão, mas rapidamente ela respondeu em alto e bom som:

— Algumas pessoas da nossa escola moram mais perto da estação Ōtsu!

Estávamos trocando os papéis. Voltei correndo para as minhas falas originais.

— Falando em Zeze, a Loja Ōtsu Seibu fechou, né?

— A Loja Seibu Ōtsu!

O comentário de Naruse causou uma pequena onda de risadas.

— Isso aconteceu mesmo, né?

Eu, que havia quebrado o ritmo, soltei a próxima fala de Naruse.

— Por que você tá falando como se tivesse acontecido há tanto tempo? Foi no mês passado!

Naruse também ficou com a minha fala. Os papéis permaneceram trocados e a cena correu assim.

— Eu decidi que vou construir uma nova loja de departamentos ali.

— Que legal! O diretor da escola sempre diz que é bom sonhar alto.

Parece que Naruse estava tão à vontade que até fez piada com o diretor. Eu queria fugir, mas acho que precisava de muito mais coragem para sair do palco no meio da apresentação.

— Obrigada a todos que vieram para a inauguração da filial de Ōtsu da Loja de Departamentos Shimazaki. Eu sou a fundadora Miyuki Shimazaki.

— Ninguém se refere a si mesma como "fundadora".

Apesar de serem falas diferentes das minhas, elas estavam entranhadas em meu corpo graças aos ensaios. Apresentamos com os papéis trocados até o final, inclusive o "É isso! Muito obrigada!" de Naruse.

Me curvei tanto que era como se minha cabeça fosse tão pesada quanto chumbo. Podia sentir meu coração batendo acelerado.

Assim que voltamos para a coxia, Naruse me deu tapinhas nas costas e disse, animada:

— Hoje você foi muito engraçada, Shimazaki.

— Claro que não, aquilo foi um erro.

— Mas as pessoas assistindo não perceberam. Elas estavam rindo, não é?

Apesar da confusão, ouvi algumas risadas aqui e acolá.

— Eu também achei que hoje foi mais engraçado! — disse Rira, que estava esperando a sua vez na coxia.

Ela nos deu joinhas e foi para o palco com sua partitura em mãos.

— Se a Kunimoto também achou, não tem por que você não achar. Realmente, você fica melhor como o *boke*, e eu como o *tsukkomi*. Vamos mudar o título para "A Loja de Departamentos Shimazaki" e retrabalhar o roteiro.

Conforme eu me acalmava, comecei a sentir que o erro de hoje não havia sido tão ruim. A risada de todos e o comentário da Rira eram prova disso. Se estava melhor do que antes, era melhor aceitar de uma vez.

— Tá bom. Eu vou ser o *boke*.

— Isso! — falou Naruse, assentindo.

— Acho que temos potencial para melhorar ainda mais. Talvez seja possível passar da primeira rodada na nossa estreia.

Essa era a Naruse que eu conhecia. Preciso treinar as piadas para não atrapalhar o ritmo. A apresentação descontraída de Rira pareceu alegrar a abertura do segundo capítulo da De Zeze.

Após o Festival Cultural, também recebi alguns elogios. Mesmo que fossem só por educação, fiquei feliz ao ouvir que foi divertido. Quando alguém dizia "Achei que a Naruse seria a engraçada", eu dava risada e respondia "Pois é".

No caminho de volta da escola, dois dias depois do evento, Naruse sugeriu:

— O pessoal do comitê do Festival Cultural gravou tudo. Vamos assistir juntas.

Apesar de ter dado certo no final, não queria me ver errando.

— Ah, pode assistir sozinha.

— Não, você foi perfeita, Shimazaki. Quero que você aponte onde eu errei, do ponto de vista do público.

— Tá bom. Vamos ver na minha casa? — Apesar de não estar muito a fim, concordei.

Por sorte, minha mãe não estava, então fomos assistir à gravação na televisão da sala. Só de nos ver com o uniforme do Seibu Lions falando "Olá! Olá!" já fiquei constrangida, e soltei uma risada esquisita.

— Mas todo mundo aqui é de Zeze!

As palavras que mudaram o destino da De Zeze foram faladas mais alto do que eu havia imaginado. Naruse também falou alto e podia ser ouvida com clareza. Algumas risadas também foram ouvidas, mostrando que aquilo era uma apresentação de *manzai*.

— Realmente, baixou um espírito em você nessa hora. Você é do tipo que se destaca em situações reais.

Naruse estava muito satisfeita, mas, analisando de forma objetiva, os erros eram evidentes. Principalmente no meu caso, meu olhar perdido denunciava meu nervosismo, já que estava desesperada em não errar as falas por causa da inversão inesperada de papéis.

— A gente precisa ter mais confiança e agir como se estivéssemos em uma conversa normal.

Dava para ver que não tínhamos dominado os princípios do *manzai*.

— Pois é. Precisamos agir como se estivéssemos nos preparando para isso há três anos.

Assistimos à gravação mais uma vez e discutimos sobre outros detalhes. Foi inesperadamente mais fácil de assistir quando passei a ver a apresentação como a dupla de *manzai* De Zeze, não como Naruse e eu.

— Amanhã começa o feriado prolongado... Você tem planos, Shimazaki?

— Não. Como as provas estão chegando, vou ficar em casa estudando, por via das dúvidas.

Dito isso, provavelmente estudarei no máximo por duas horas e passarei o resto do tempo à toa, assistindo a alguns vídeos.

— Então vou vir aqui todos os dias às 17h para ensaiar um pouco. É importante fazer isso todos os dias.

Durante o feriado prolongado, de 19 a 22 de setembro, Naruse veio à minha casa às 17h, como havia combinado, para ensaiarmos o nosso diálogo. Essa atitude de não poupar esforços é bem a cara dela.

A qualidade do material melhorou, e comparado com o primeiro diálogo do beisebol, havia um grande avanço. Senti que passar da primeira rodada e conseguir o Prêmio Bom Amador não era mais apenas um sonho distante.

— Aliás, já decidiram o horário em que vamos nos apresentar.

Seguindo as instruções de Naruse, peguei o tablet e entrei no site do M-1 Grand Prix, onde encontrei a lista de duplas selecionadas para o dia 26 de setembro. Dizia que a De Zeze estava no grupo G, e que se apresentaria às 14h25.

Depois que Naruse foi embora, entrei novamente no site do M-1 Grand Prix. Fiquei feliz em ver o nome que escolhemos, "De Zeze", registrado na internet com letras garrafais, e até mostrei para minha mãe.

— Nossos nomes estão no site.

Minha mãe rolou a lista de participantes e exclamou:

— Vocês estão no mesmo grupo que a Aurora Sauce!

— Aurora Sauce?

Olhei para a tela, e três nomes acima do nosso estava escrito "Aurora Sauce".

— Ultimamente essa dupla tem aparecido bastante nos programas da madrugada. O *tsukkomi*, Sumida Maionese, é muito bonito. Que legal. Também quero vê-lo ao vivo.

— Os pais só podem acompanhar se os filhos estiverem no ensino fundamental 1. Por causa da Covid-19, esse ano não vai ter plateia.

— Ah, que pena.

Quem será essa dupla Aurora Sauce em que minha mãe estava tão interessada? Procurei no YouTube, e encontrei vídeos no canal oficial dela. O insolente Yokoo Ketchup cria piadas dinâmicas, enquanto o bonitão Sumida Maionese faz tiradas refinadas e precisas. O estilo é legal, e eles ficam bem de terno preto; não é à toa que são tão populares.

O Twitter do Sumida Maionese está cheio de comentários apoiando sua participação no M-1 Grand Prix. Todos os perfis de fãs tinham escrito "Maiorã", provavelmente uma referência aos fãs do Sumida Maionese.

Quando desliguei o tablet, acabei soltando um suspiro. Então nós iríamos dividir o palco com profissionais. Até minha mãe prefere a dupla Aurora Sauce em vez da De Zeze, a diferença é nítida.

Achei que a De Zeze passaria na primeira rodada por sorte, mas pelo visto nem assim conseguiríamos. Mesmo indo para Osaka, as únicas pessoas que nos assistirão serão os jurados, então pra que ir? Os pensamentos negativos estavam me consumindo, e minha motivação desaparecia.

Esperava que alguma coisa acontecesse e me impedisse de ir, mas o teste de aptidão acabou, e o dia 26 de setembro chegou sem problemas. Saí de casa de tarde vestindo meu uniforme escolar. Sem ânimo, me encontrei com Naruse, e pegamos o trem na estação Zeze.

Foi a primeira vez que nós andamos juntas de trem. Conhecendo Naruse, achei que ela diria algo como "Sempre que pego o trem, fico nas pontas dos pés, para fortalecer os músculos inferiores", mas ela apenas se sentou na janela de um assento de dois lugares, e eu me sentei ao lado dela.

— Você vai muito para Osaka, Naruse?

— Quase não vou para lá. Minha mãe aconselhou a seguir as placas vermelhas da linha Midōsuji com atenção, porque é muito fácil se perder na baldeação entre a estação JR de Osaka e o metrô Umeda.

Minha maior preocupação também era a baldeação. Descemos do trem na estação de Osaka e seguimos em frente, nos guiando pelas placas escritas "Linha Midōsuji".

— Parece até um daqueles jogos de fuga.

Assim que chegamos sãs e salvas na estação de metrô, passamos por diversos casais jovens vestindo uniformes de beisebol. Eu me perguntei se estariam indo para algum jogo, mas no momento seguinte me dei conta da terrível realidade e parei em frente às catracas.

— O que foi?

— Esqueci o uniforme.

Lembro que o lavei e o coloquei no guarda-roupa depois do Festival Cultural. Tenho certeza de que, quando abri o armário hoje, estava escondido lá no fundo.

— Desculpa. Desculpa, de verdade.

Isso era resultado do meu descuido. Coloquei ambas as mãos no rosto, e me desculpei com sinceridade. Estávamos prestes a subir no palco e eu esqueci o uniforme. Mesmo que minha mãe trouxesse, não daria tempo, e não era algo que poderia conseguir em qualquer lugar.

— Tudo bem, Shimazaki.

Quando levantei o rosto, Naruse olhava para mim com uma expressão calma.

— Mesmo sem o uniforme, podemos apresentar o *manzai*. Eu deveria ter confirmado com você quando estávamos na estação Zeze.

Se eu estivesse no lugar de Naruse, teria ficado de mau humor. Achei que, no fundo, ela estivesse zangada, mas Naruse balançou a cabeça, como se lesse meus pensamentos.

— Está tudo bem, desde que você venha junto.

De repente, eu percebi. Desde que formamos essa dupla, Naruse nunca me criticou. Mesmo que ela provavelmente tenha coisas a falar sobre a minha técnica ou minhas atitudes.

— Naruse, se você quer me dizer algo, diga logo.

— Não tenho nada pra falar.

Ao ver Naruse desviar o olhar, tive certeza. Ela não tinha expectativa sobre mim. Em vez de ser a parceira de Naruse, eu era mais como a boneca de um ventríloquo, a pomba de um mágico ou a caixa de papelão de um estudante de ensino fundamental.

De fato, também era minha culpa por ter aceitado entrar nessa. Se soubesse que seria assim, eu teria participado do Festival Cultural de bom grado.

— Mesmo? Uma dupla que consegue falar qualquer coisa para a outra tem mais chances de crescer, não é?

Assim que a instiguei, Naruse pareceu ter se dado conta de algo.

— Nesse caso, não gagueje de jeito nenhum hoje.

— Certo.

Passamos pela catraca da estação Umeda e entramos no vagão.

O prédio onde ficava o Asahi Seimei Hall era próximo da saída do metrô. Muitas jovens estavam reunidas na frente da entrada. Entramos no prédio e pegamos o elevador para a recepção no sétimo andar, enquanto me perguntava se essas pessoas também participariam no M-1 Grand Prix.

— A taxa de participação, por favor.

Enquanto me questionava do que ela estava falando, Naruse tirou dois mil ienes da carteira.

— Hã? Eu também vou pagar!

— Imagina, você só está me acompanhando, não tem problema.

Balancei a cabeça e tirei uma nota de mil ienes da carteira.

— Mas eu sou sua parceira.

— Ah sim — disse Naruse, pegando a nota.

Colamos adesivos com nossos números de inscrição no peito e fomos para a sala de espera. Já havia três grupos de competidores esperando em uma sala com mesas alinhadas que lembravam a sala de conferências de um centro comunitário.

Eu imediatamente reconheci a Aurora Sauce. Sumida Maionese estava de terno preto e máscara de uretano preta, e, mesmo com o rosto escondido, dava para perceber que era um homem bonito. As mulheres que vi na entrada antes não eram participantes, só estavam esperando a participação de Maiorã.

As outras duplas eram de dois jovens, e o que pareciam ser um avô e seu netinho.

— 50820 é 2 x 3 x 7 x 11 x 11.

Por alguma razão, Naruse estava dividindo o nosso número de inscrição.

— O quê?

— Quando vejo números grandes, sinto vontade de fatorá-los.

O número da Aurora Sauce tinha apenas três dígitos, sugerindo que haviam feito a inscrição antes.

— Tá, vamos passar o diálogo uma última vez.

Naruse e eu encaramos a parede e fizemos um último ensaio.

— Você vai vestir o uniforme, Naruse?

— Não pretendo usá-lo.

Apesar de ambas estarmos usando o mesmo uniforme escolar com camisa branca e saia preta, nossas roupas parecem menos especiais do que os uniformes de beisebol que usamos na foto da inscrição.

— Acho que tudo bem se só você usar.

— Não, assim está perfeito. Mesmo sendo totalmente fora de contexto, acho que é meio bobo usarmos o uniforme do Seibu Lions. De qualquer forma, só nos resta confiar na nossa apresentação.

Enquanto estávamos conversando, um funcionário veio e pediu para as quatro duplas mudarem de local. A Aurora Sauce tirou uma selfie. Provavelmente estavam postando nas redes sociais dizendo "Falta pouco".

Esperamos pela nossa vez na coxia. Achei que estaria mais nervosa, mas senti como se estivesse flutuando, e que aquilo não fosse real.

Aurora Sauce, que estava no mesmo grupo que o nosso, foi a primeira dupla a se apresentar, e eles correram animados para o palco quando foram chamados. Conseguia ouvir suas vozes espirituosas, mas nenhuma risada.

— Naruse, você conhece a Aurora Sauce? — perguntei baixinho, e ela me olhou como se questionasse por que eu estava falando aquilo.

— É o nome da dupla que foi agora.

Naruse assentiu, como se tivesse entendido.

— Não conhecia, mas parecem profissionais. Acho que deveríamos ter cumprimentado eles, já que podem se tornar nossos veteranos no futuro.

— Não, considerando o momento em que vivemos, acho que foi melhor não ter puxado conversa sem necessidade.

Enquanto falava isso, também senti vontade de conversar um pouco.

Quando olhei para o palco depois que a dupla anterior terminou a apresentação, um funcionário estava desinfetando o microfone.

— Finalmente.

Tiramos nossas máscaras e as colocamos no bolso. Chegou o momento de gravar a participação no M-1 Grand Prix com Akari Naruse. Ao som do sinal, nos posicionamos em frente ao microfone e falamos "Olá! Olá!".

Quando olhei para a frente, o que chamou a minha atenção foram os assentos vazios. Havia apenas quatro jurados espalhados pelo centro do salão, com capacidade para acomodar 368 pessoas. Atrás deles havia alguns funcionários, e a maioria dos assentos tinha encosto marrom. Se não fosse pela Covid-19, o lugar estaria cheio de verdadeiros fãs de comédia. Eu me senti muito mais nervosa quando nos apresentamos para as 240 pessoas no Festival Cultural.

— Nós somos De Zeze, e viemos de Zeze! Prazer!

Ao ouvir a voz de Naruse, percebi que seria como sempre, e fiquei aliviada.

— Recentemente, a Loja Seibu Ōtsu perto de casa fechou.

— Isso aconteceu mesmo.

— Por que você tá falando como se tivesse acontecido há tanto tempo? Foi no mês passado!

Todos os ensaios diários acabariam neste momento. Ao me dar conta disso, senti como se meu espírito estivesse saindo do corpo, e eu rapidamente me concentrei. Ninguém na plateia estava rindo, mas isso não importava. Precisava me apresentar sem gaguejar, como havia prometido para Naruse.

Enquanto atuava, senti como se estivesse observando Naruse de longe. Agora, há apenas algumas pessoas nos assistindo, mas tenho certeza de que um dia Naruse estará no palco diante de uma grande plateia. Se possível, gostaria de estar lá para ver esse momento.

— É isso! Muito obrigada!

Levantei o rosto após uma profunda reverência e gravei na memória a visão dos assentos vazios.

— Por alguma razão, pareceu um sonho — disse Naruse, enquanto mastigava um picolé Garigari-kun sabor soda.

Após a apresentação de *manzai*, nós imediatamente voltamos para a estação Zeze. Quando saímos da estação, o cenário familiar se estendeu à nossa frente, e parecia até mentira que uma hora antes estávamos em um grande centro urbano como Osaka. Eu estava triste em ir para casa assim, então sugeri comprarmos sorvete na loja de conveniência Seven-Eleven e comermos em um banco no Parque Banba.

Enquanto comia o picolé de chocolate com menta, observei o antigo prédio da Loja Seibu Ōtsu do outro lado da rua. Já não havia mais pessoas entrando ou saindo, e ele parecia apenas aguardar silenciosamente sua demolição.

— Quando é mesmo que sai o resultado?

— Hoje às 21h.

Ao terminar de comer, Naruse colocou o palito do picolé Garigari-kun na sacola.

Nós vimos o resultado juntas no meu quarto. A De Zeze perdeu a primeira rodada. Outra dupla ficou com o Prêmio Bom Amador. Mesmo sabendo que não seria fácil, ainda assim foi frustrante. Olhei para Naruse, que apenas assentiu sem mudar a expressão.

A Aurora Sauce passou da primeira rodada. A postagem de Sumida Maionese anunciando a notícia recebeu uma enxurrada de respostas comemorando. Ter estado naquele silencioso

Asahi Seimei Hall me dava vontade de me gabar para as fãs de Maiorã.

— Vai tentar outra vez no ano que vem?

Quando perguntei, Naruse meneou a cabeça.

— Eu achava que uma primeira tentativa seria assim, mas se tornar a melhor comediante do Japão parece um objetivo bem distante. Pretendo participar de novo, mas pode ser que no ano que vem eu queira fazer algo completamente diferente. De qualquer maneira, agora posso dizer pelo resto da vida que já participei do M-1 Grand Prix.

Quando Naruse falou isso, percebi que a participação no M-1 Grand Prix também está gravada na minha existência. Fiquei ainda mais ansiosa pela final deste ano.

— *Manzai* é mais divertido do que eu pensava. Quero fazer de novo no Festival Cultural do ano que vem.

— Não, isso é ainda pior!

Apesar de falar que não gostei, também achei o Festival Cultural mais divertido. Tenho boas memórias de nós duas vestindo o uniforme.

Naruse pegou outra folha de papel e começou a escrever. Que tipo de *manzai* ela fará a seguir? Seria ótimo se pudéssemos continuar com as De Zeze mesmo quando formos velhinhas.

Não corra na escada

Assim que coloquei na boca as balas de goma coloridas que comprei na Kiosk, senti o sabor de doce barato adentrando meu cérebro cansado. Hoje consegui ir sentado a partir da estação de Osaka. Quando digo que moro em Shiga, as pessoas pensam que venho de um lugar remoto, mas chego à estação de Ōtsu em quarenta minutos pegando o trem expresso especial. Viajar em pé não era problema quando eu era mais novo, mas agora que passei dos quarenta, prefiro me sentar sempre que possível.

Abri o Twitter no celular e vi as palavras "choque" e "triste" espalhadas pela timeline. Desci a página para entender melhor e, ao descobrir a origem, minha boca abriu tanto que a bala quase caiu no chão.

Loja Seibu Ōtsu encerrará as atividades.

A loja, que fica em Nionohama 2, na cidade de Ōtsu, encerrará suas atividades no final de agosto do próximo ano. Foi inaugurada em junho de 1976, e teve seu auge de vendas em 1992, porém apresentou declínio nos últimos anos. Isso encerrará seus 44 anos de história.

Estamos em outubro, então a loja fechará em menos de um ano. Mastiguei o restante da bala com meus molares, e um sabor que não era nem de morango, nem de maçã, se espalhou pela minha boca.

A Seibu infelizmente ia fechar.

Eu nasci em 1977, então não é exagero dizer que frequentei a Seibu minha vida toda. Ultimamente, ia lá apenas ocasionalmente, mas achei que o estabelecimento estaria sempre ali.

Enquanto passava os olhos pelos posts, recebi uma mensagem do meu amigo de infância, Masaru: "Você também viu a notícia da Seibu, Keita?"

Masaru é advogado e tem um escritório em Tokimekizaka, perto da Loja Seibu Ōtsu. Ele mora em um apartamento em Nionohama com a esposa e os dois filhos. Como sou solteiro e ainda moro com meus pais, ele acha mais fácil me convidar para sair e conversar, então nós nos encontramos com frequência.

Respondi "Vi", e ele imediatamente perguntou: "Quer ir lá no domingo?"

Não é como se ir agora fosse resolver alguma coisa, mas entendo por que ele queira ir. Concordei, e combinamos de nos encontrar na entrada da loja às 15h.

Abri o Twitter mais uma vez. Tenho uma conta em que às vezes posto algumas bobagens; sigo quinhentas pessoas e tenho apenas cinquenta seguidores. Eu uso um pseudônimo, então meus conhecidos provavelmente nunca notaram.

Sei que Masaru tem uma conta com seu nome e sua foto real nessa rede social, mas não o sigo. Curioso para saber se ele tinha comentado algo sobre o fechamento da Seibu, procurei o perfil dele e vi que havia postado um "triste" com o link da notícia e um emoji chorando.

Repostei a notícia do *Diário de Ōmi*, que anunciava o fechamento da Loja Seibu Ōtsu, com o comentário "Esse dia infelizmente chegou". Meu humilde post se perdeu no fluxo de postagens dos moradores da região.

Três dias depois, fui à Seibu como combinado e avistei Masaru vestindo uma camisa azul e batendo papo com um senhor. Quando me aproximei, o senhor disse "Até mais" e se afastou.

— Como sempre, superpopular.

Toda vez que saímos juntos, alguém aborda Masaru. Ele é tão amigável, que não me surpreenderia se meu amigo se tornasse político algum dia.

— Acho que todo mundo viu a notícia. Parece que está mais cheio do que de costume — disse Masaru enquanto ajeitava os óculos.

Muitos ali, assim como nós, pareciam estar esperando alguém. Grupos se formavam, as pessoas dizendo "há quanto tempo" umas para as outras.

Ao entrar na loja, ouvia-se o familiar hino do Seibu Lions. A loja não parecia ter mudado desde o anúncio de fechamento e estava funcionando como sempre.

Decidimos apenas perambular sem rumo pelo lugar. Sempre que Masaru contava alguma história trivial do passado, eu ficava impressionado com todos os detalhes que ele recordava.

— É mesmo, será que ainda podemos entrar no terraço? — indagou Masaru, assim que chegamos ao quinto andar.

No terraço havia um santuário xintoísta que, pelo lado positivo, exalava tranquilidade, e, pelo negativo, exalava uma atmosfera de solidão. Íamos bastante até lá quando estávamos no ensino fundamental 1, mas não retornei desde que me tornara adulto.

— Vamos dar uma olhada.

Nós nos encaminhamos para a grande escadaria que seguia para o terraço. A escada de mármore, que antigamente brilhava como se tivesse sido trazida de um castelo, agora estava toda encardida.

— Lembra quando estávamos no terceiro ano do fundamental, apostamos uma corrida e levamos bronca do gerente? — comentei enquanto subíamos a escada.

— Isso realmente aconteceu, né? — respondeu Masaru com um tom nostálgico.

O gerente era alto e usava terno e sapatos reluzentes, parecia até um ator. Estávamos acostumados a sermos repreendidos aos berros no dialeto de Kansai, então tudo o que pudemos fazer foi obedecer quando ele nos advertiu calmamente no dialeto de Tóquio:

— É perigoso, vocês podem se machucar, então não corram na escada.

Subimos as escadas até o sexto andar, mas o caminho adiante estava bloqueado com uma cerca de ferro. Não era muito alta e podia ser facilmente escalada, mas Masaru riu e disse:

— Acho melhor não ir, considerando a minha profissão.

Mesmo que passássemos, a porta que levava ao terraço estava trancada e não poderíamos entrar.

— Acho que nunca mais poderemos ir lá.

Falar isso em voz alta fez meu coração apertar. Eu estava relembrando os bons momentos, e senti como se tivesse trombado com a realidade de repente. Masaru e eu ficamos em silêncio por algum tempo, encarando o outro lado da cerca.

— Vamos tomar um chá? — sugeriu Masaru, como se tivesse voltado a si.

Enquanto andávamos em direção à praça de alimentação, avistamos dois homens saindo de um restaurante de espetinhos fritos.

— Ora essa! Masaru? — disse o homem bonito que parecia familiar.

— Ah! Ryūji e Tsukamoto! — exclamou Masaru antes que eu pudesse me lembrar de quem eram.

Ryūji e Tsukamoto foram nossos colegas no ensino fundamental 1. Eles já haviam deixado Ōtsu, mas voltaram quando ouviram a notícia do fechamento da Seibu.

— Agora eu sou advogado aqui em Ōtsu.

— Nós sabemos. Passamos pelo Escritório de Advocacia Masaru Yoshimine.

— E você tá trabalhando no quê, Keita?

— Eu faço layouts em uma empresa de websites em Osaka.

Enquanto nós quatro colocávamos o papo em dia, ouvimos uma voz atrás de nós:

— Masaru, é você?

Quando nos viramos, vimos duas moças mais ou menos da nossa idade.

— Ah, caramba! Aizawa e Imai, não é?

Graças à memória sobre-humana de Masaru, consegui me lembrar de ambas. As duas se entreolharam e falaram:

— Há quanto tempo não nos chamam pelos nossos nomes de solteira.

— Viemos comer o parfait dali — disse Imai, de rosto arredondado, apontando para o Café Millet.

— Quando ouvi dizer que a Seibu iria fechar, não pude deixar de vir.

Aparentemente, Aizawa pegou o trem-bala em Tóquio e fez questão de vir para cá. Estava com um vestido casual e parecia bem animada. Eu lembro que na época em que todos usavam mochilas vermelhas ou pretas, apenas Aizawa tinha uma rosa.

— Nós também nos encontramos por acaso.

— Mentira!

— Ryūji continua bonitão.

— Você era superpopular na época da escola.

Todos começaram a falar e ficou mais difícil de nos dispersarmos. Eu me dei conta de que éramos um grupo grande e estávamos bloqueando a entrada dos bares. Foi então que Masaru falou:

— O que acham de irmos ao meu escritório beber alguma coisa?

Os olhos dos quatro brilharam, como se fossem crianças prontas para ir à piscina.

— Podemos?

— Vamos, vamos!

Talvez meu desconforto fosse visível, pois Masaru me perguntou em voz baixa:

— Você pode vir, Keita?

Hoje minha intenção era apenas encontrar Masaru, então vim com a roupa mais casual possível, uma camisa polo da Uniqlo e jeans. Sinceramente, era meio incômodo, mas como não queria acabar com a diversão, sorri e respondi:

— É claro que sim.

Compramos bebidas e aperitivos no mercado do térreo e saímos da Seibu. Nossa antiga escola fica no meio do caminho até o escritório.

— Ah, nossa escola!

Tsukamoto deu um sorriso sem graça ao ver a placa no portão principal escrito "Escola de Ensino Fundamental 1 Tokimeki de Ōtsu". Sem dúvidas é o lugar onde estudamos, mas na época se chamava Escola de Ensino Fundamental 1 Banba de Ōtsu. No início da era Heisei, após uma votação pública que deu à ladeira que leva à escola o apelido de "Tokimekizaka", o nome da instituição também foi alterado para Ensino Fundamental 1 Tokimeki.

Subindo mais um pouco, vimos a placa azul do Escritório de Advocacia Masaru Yoshimine. Já havia passado em frente ao escritório em diversas ocasiões, mas era a primeira vez que entraria ali.

A sala de reunião para onde fomos levados tinha uma grande janela com veneziana, e uma mesa branca retangular com oito cadeiras ao seu redor. Nós organizamos e distribuímos as cervejas, *chūhai*, refrigerantes e aperitivos que compramos.

— Um brinde ao nosso reencontro!

Seguindo o exemplo de Masaru, todos disseram "um brinde!". Encostei minha lata nas dos outros e tomei um gole do meu refrescante *chūhai* de pêssego. Após uma breve pausa, todos começaram a falar animadamente. A princípio, eu não estava tão empolgado com o encontro, mas, já que estou aqui, senti que de alguma forma daria tudo certo.

— Essas batatas de *yuzukoshō* são muito gostosas, mas por aqui só são vendidas na Seibu. Preciso estocar antes da loja fechar — disse Imai, oferecendo batatas fritas que eu nunca havia visto.

Ela sempre foi responsável, agindo como uma mãe. Provei uma batata, mas não gostei muito do sabor.

— Não dá pra comprar pela internet?

— Até dá, mas é legal ir casualmente a um lugar e comprar um pacote.

Enquanto comia um chocolate Kinokonoyama para limpar o paladar, Masaru disse:

— Vai ser chato não poder ir até lá e comprar um docinho.

Minha mãe também comentou que nós frequentávamos a loja para suprir uma necessidade ou outra, então vai ser inconveniente não ter mais a Seibu. Dá pra ver como ela faz parte da vida cotidiana dos moradores.

— Mais cedo, Keita e eu tentamos ir ao terraço, mas estava fechado com uma cerca, não conseguimos entrar.

Quando Masaru disse isso, Tsukamoto respondeu com convicção:

— Eles proibiram a entrada depois do estouro da bolha econômica, quando o presidente se jogou de lá porque estava cheio de dívidas.

— O quê?! Eu ouvi dizer que foi uma menina rejeitada que se jogou de lá — respondeu Aizawa.

Ambas as histórias pareciam lendas urbanas. As outras pessoas não faziam ideia do que estávamos falando e menearam as cabeças, se perguntando se era verdade.

— Mas talvez algo assim tenha acontecido mesmo. Quando meu filho era pequeno, ele sempre chorava quando íamos ao salão de eventos do quinto andar. Sempre no mesmo lugar; nos outros, ele ficava tranquilo. Dizem que bebês veem coisas que adultos não conseguem, não é? Talvez houvesse algo ali que não conseguia descansar em paz — comentou Imai.

Mesmo sabendo que fantasmas não existem, era uma história esquisita. Talvez a cerca de ferro bloqueando o caminho estivesse ali para impedir que algo escapasse. Tomei um gole do meu *chūhai* de pêssego para me distrair.

— Ah, falando nisso...

Masaru se levantou, como que para mudar o clima, e começou a procurar algo nas estantes.

— Aqui está o nosso álbum de formatura!

Um coro de exclamações surgiu quando Masaru ergueu o álbum de formatura.

— Mas por que você deixa isso no trabalho?

— Trouxe por causa de alguma ocasião e ficou aqui desde então.

Cada vez que Masaru passava uma página, os outros reagiam. Ao chegar na página da turma 3 do sexto ano, que tinha uma foto minha e de Masaru, todos soltaram uma risada alta.

— Masaru, você não mudou nada. Assim que te vi mais cedo, te reconheci na hora — comentou Aizawa.

— Outro dia estava andando com meus filhos e acharam que éramos irmãos — respondeu Masaru, e todos explodiram em gargalhadas.

— Ah, o Takurō também estava na turma 3.

Com o comentário de Ryūji, a conversa ficou ainda mais animada, com exclamações de "Takurō!" e "Que saudade!". Levei um susto ouvindo esse nome após tanto tempo, como se tivessem chamado meu próprio nome.

— Keita e Takurō eram bem próximos, né?

O comentário de Tsukamoto me pegou desprevenido, e minha voz falhou ao responder:

— S-sim, pois é.

— Ele era líder de torcida, tão maneiro.

— Sacchan, naquela época você gostava do Takurō, né?

— Ele sempre usava aquele boné do Lions.

Takurō Sasazuka, mais conhecido como Takurō, era um aluno de destaque do nosso ano, além de ser o líder do nosso grupo. Ele sempre tomava iniciativa e inventava regras divertidas para as brincadeiras. Era mais divertido ir com o Takurō ao lago Biwa ou à Seibu do que ficar em casa jogando videogame.

— Mas ele mudou de escola pouco antes da formatura, não foi?

Quando Imai disse isso, o clima animado se tornou tenso.

Takurō sumiu repentinamente nas férias de inverno do sexto ano. Quando voltamos para a escola após o Ano-Novo, circularam vários boatos sobre a mudança de escola. Assim que o professor Azai, responsável pela nossa turma, anunciou que Sasazuka havia sido transferido, rapidamente me virei para a carteira de Masaru. Ele estava com o rosto entre as mãos, e não pude ver a sua expressão.

— Mais cedo, vi um cara chamado Takurō no Twitter e fiquei pensando se não era ele.

— Hã? Como assim?

Masaru se mostrou interessado, então Aizawa disse, enquanto mexia no celular:

— Acho que vi quando anunciaram o fechamento da Seibu. Talvez ele tenha repostado a notícia do jornal?

Sem pensar, estiquei a mão para as batatas de *yuzukoshō* que não queria comer.

— Aqui está ele!

Masaru pegou o celular de Aizawa cuidadosamente com ambas as mãos, e deslizou a tela.

— É mesmo. Ele comentou a notícia de trinta anos do lançamento do Game Boy, então talvez seja alguém da nossa geração.

Querendo me afastar da conversa do Twitter, falei:

— Em que ano mesmo nos formamos no fundamental?

— Em março de 1991 — respondeu Masaru, enquanto devolvia o celular para Aizawa.

— Então significa que ano que vem vai fazer trinta anos que nos formamos no fundamental? — exclamou Ryūji, como se tivesse feito a descoberta do século.

— Não tinha percebido! Não vamos fazer uma reunião de turma?

— Não fizemos uma até hoje.

— O encontro ao acaso de hoje não seria um aviso divino para organizarmos uma reunião de turma?

Os olhares de todos se voltaram para Masaru. Ele foi representante de turma inúmeras vezes, e ainda morava na nossa cidade natal. Não havia pessoa mais qualificada do que ele para organizar essa reunião.

— Se esperam tanto de mim, não posso decepcioná-los.

Masaru respondeu com uma expressão agradável, como em sua foto de perfil do Twitter. Inconscientemente começou uma salva de palmas, então aplaudi também.

— Quero fazer antes do fechamento da Seibu!

— Éramos duzentos alunos. Quantos viriam?

— Se for só criar um grupo de mensagens, eu faço.

Enquanto todos seguravam a lata de cerveja com uma das mãos e davam sugestões, Masaru anotava e concordava. Eu observava de canto de olho e levava o salgadinho Caramel Corn à boca.

Quando deu 18h, encerramos a bebedeira no escritório. A reunião de turma aconteceria em julho no Hotel Prince de Ōtsu, às margens do lago Biwa.

— Eu estava chateada com a notícia do fechamento da Seibu, mas graças a isso reencontrei vocês e marcamos uma reunião de turma... Ter pegado o trem-bala valeu a pena — disse Aizawa, com uma expressão feliz no rosto.

— É mesmo. A vida é uma caixinha de surpresas, né?

Ryūji também parecia alegre. Um a um, os participantes diziam animadamente "Até o ano que vem" enquanto iam embora.

Sobramos Masaru e eu, e eu o ajudei a arrumar o escritório. Na agora silenciosa sala de reuniões, latas de cerveja vazias e embalagens de aperitivos indicavam que os quatro estiveram ali.

— Masaru, você é ocupado. Não tem problema mesmo ficar encarregado da reunião de turma?

Masaru é um advogado requisitado e chefe do comitê do Festival de Verão de Tokimeki. Além disso, parece ser bastante participativo na educação dos filhos e nas tarefas do lar, e agora também será organizador da reunião de turma... Parecia coisa demais para uma pessoa só.

— Sim. Sou bom nisso, e é algo que alguém precisa fazer. — respondeu Masaru com um sorriso leve enquanto recolhia o lixo.

Tinha algo de especial nele, diferente de mim, que estava sempre na aba de alguém.

— Além disso, se fizermos a reunião, talvez eu possa reencontrar Takurō.

Tive a impressão de ver algo sombrio na expressão de Masaru, então abaixei o olhar. Enquanto fingia estar concentrado limpando a mesa, me lembrei daquela época.

No final de 1998, nós estávamos na grande escadaria da Seibu. As lojas estavam lotadas com a liquidação de final de ano, mas poucas pessoas usavam as escadas, então não teríamos problemas se fizéssemos um pouco mais de barulho. O calor da calefação era agradável e parecia o lugar perfeito para nos reunirmos e passarmos um dia de inverno. Naquele dia, talvez houvesse mais três pessoas além de mim, Takurō e Masaru.

Masaru trouxe o Game Boy que havia acabado de ganhar de Natal, e deixou todo mundo jogar Tetris. Nós nos revezamos para jogar, mas, como não estávamos acostumados, logo ficávamos empacados. Takurō e eu não conseguíamos passar de fase de jeito nenhum, mas ninguém tirava sarro; estávamos todos contentes.

Finalmente, Masaru nos ensinou como jogar. Os blocos se juntavam de uma maneira peculiar, e assim que se acumulavam, três ou quatro fileiras desapareciam de uma vez.

Nós ficamos ao redor de Masaru, olhando concentrados a pequena tela.

Quando Masaru perdeu, Takurō se levantou.

— Vamos jogar outra coisa.

Eu até jogaria outra coisa, mas queria mesmo era jogar Tetris mais uma vez, do jeito que Masaru havia ensinado, e os outros também pareciam esperar pela segunda rodada. Ao perceber isso, Masaru sugeriu jogarmos de novo. No entanto, Takurō não cedeu e disse:

— Mas podemos fazer isso a qualquer hora.

Lembro que ele não falou por mal, mas Masaru retrucou com firmeza, o que foi inusitado.

— Nós sempre fazemos o que você quer, Takurō. De vez em quando, deixa a gente escolher.

Foi só naquele momento que percebi que sempre fazíamos exatamente o que Takurō dizia, e fiquei surpreso ao notar que Masaru se incomodava com o comportamento dele.

A partir daí, eles começaram a reclamar das atitudes cotidianas do outro. Eu ouvia os dois lados, mas não podia fazer nada além de assistir em silêncio.

— Tá bom. Faça o que quiser.

Por fim, Takurō cuspiu essas palavras e desceu correndo as escadas.

Eu achava que era apenas uma briguinha entre colegas de escola e que poderíamos nos reunir novamente após o ano novo sem problema. Não me passou pela cabeça que Takurō não voltaria. Como será que ele se sentiu ao se mudar, enquanto passávamos as festas de Ano-Novo com nossas famílias?

Por causa disso, eu evitava conversar sobre ele com Masaru. Também adoraria reencontrá-lo, mas não sabia como iríamos avisá-lo sobre a reunião de turma.

— Você tem o contato do Takurō?

— Não, mas posso procurar.

Eu sabia que não era fácil assim. Já havia procurado pelo nome de Takurō Sasazuka inúmeras vezes, e não conseguira encontrar nenhuma informação sobre ele.

— Seria legal se encontrasse.

Eu realmente pensava assim. Não havia encontrado nada, mas talvez Masaru encontrasse. Ele assentiu, dizendo:

— Com certeza vou encontrar.

Saímos do escritório assim que terminamos de arrumar as coisas. Estamos no meio de outubro, e o tempo começava a esfriar. Ao olhar na direção do lago Biwa, podia ver a placa azul no topo do prédio da Loja Seibu Ōtsu brilhando. No ano que vem, nessa mesma época, esse brilho terá desaparecido. Ao pensar nisso, o vento noturno pareceu mais gelado.

Em 2020, a Covid-19 se espalhou pelo mundo, limitando o deslocamento das pessoas. Enquanto muitos reclamavam, eu estava secretamente feliz por trabalhar remotamente. Até então, toda vez que sentia algum descontentamento em relação ao meu trabalho, eu me perguntava se na verdade não era uma empresa exploradora, mas quando mudaram para o sistema remoto total antes do resto do mundo, mudei minha percepção e comecei a achá-la maravilhosa.

Não consigo relaxar em ambientes silenciosos, então sempre deixo a televisão ligada no Gururin Wide, da Biwa TV, que transmite as notícias de Shiga, enquanto trabalho. O programa não parece estar em busca de altos índices de audiência, e o clima descontraído é reconfortante.

Segundo o Gururin Wide, a exposição *44 anos de história da Loja Seibu Ōtsu*, que relembra a evolução da loja de departamento, começara na sexta-feira da semana anterior, em 19 de junho. Estava pensando em vê-la, e no mesmo dia recebi uma mensagem de Masaru: "Quer ver a exposição da Seibu?"

Cheguei primeiro na entrada principal onde combinamos de nos encontrar. Haviam colocado um painel em que se lia "Faltam 65 dias para o encerramento". Tudo bem se fosse uma comemoração, mas fazer a contagem regressiva do fechamento da loja assim era apenas triste.

Masaru chegou usando uma máscara xadrez verde e preta. Fazia algum tempo desde o nosso último encontro.

— Máscara bonita — brinquei.

— Minha esposa fez para mim quando estava fazendo a das crianças — disse, se gabando.

No salão de eventos do sexto andar, painéis de fotos cobriam a parede toda.

— Ah, o Paraíso das Aves!

A área que atualmente é usada como janela de vidro em forma de pirâmide já foi chamada de "Paraíso das Aves", onde muitos pássaros eram criados soltos. As fotos da exibição eram em preto e branco, mas ainda conseguia me lembrar das cores vibrantes das aves voando pelo local.

— É, acho que também vendiam balões.

— Verdade! Minha irmã mais nova sempre pedia para eu comprar um.

Balões que se soltavam das mãos das crianças e voavam até o teto. Minha irmã levava o balão cuidadosamente de volta para casa, mas no dia seguinte estava murcho, e ela fazia cara de choro.

Muitas pessoas estavam apontando para os painéis de fotos e falando sobre suas lembranças. Quando um senhor falou "Que saudade!" em voz alta, eu concordei mentalmente.

Após vermos a exposição, fomos ao Café Millet, que fica no mesmo andar. A sua especialidade era o parfait. Eu pedi um parfait de chocolate, e Masaru pediu um de matcha.

— Também instalei cortinas de vinil e painéis de acrílico no escritório como medida contra a Covid-19, mas não sei se são eficazes — disse Masura, observando o painel de acrílico transparente entre nós.

— Me sinto mal pelas crianças porque os eventos da escola foram cancelados. Meu filho mais velho vai para o *Uminoko* esse ano, mas parece que vai ser apenas por um dia, e não para passar a noite. A gincana escolar também vai ser dividida entre turmas.

O *Uminoko* é um navio-escola no qual todos os alunos do quinto ano do ensino fundamental em Shiga embarcam. Embora eu tenha dito "Que pena", acho que as crianças não se importavam tanto assim. Pelo menos, eu nunca fui do tipo que se empolgava com eventos escolares, então talvez até ficasse aliviado por ter uma obrigação a menos.

— É uma pena que a reunião de turma também tenha sido adiada.

— É mesmo uma pena — concordou Masaru, franzindo a testa.

No final de março, a reunião de turma foi cancelada. No final de fevereiro, o clima já estava incerto, mas havia uma esperança de que até o verão as coisas voltariam ao normal. No entanto, após ver as escolas fecharem de uma vez e os eventos serem cancelados um a um, Masaru decidiu adiar a reunião.

— Ah, por que será que uma coisa dessas foi acontecer?

Ao ver Masaru sem saber o que fazer e frustrado, perguntei sem pensar:

— Você queria mesmo fazer isso?

Uma reunião com nossos colegas de classe não mudaria minha vida, era apenas uma situação desnecessária.

Masaru não pareceu ofendido e respondeu em um tom descontraído:

— Eu queria fazer, sim.

— O ensino fundamental 1 é especial. No ensino médio e na faculdade a gente não faz tantos amigos, não é? Mas no ensino fundamental você conhece muita gente que nasceu no mesmo ano e mora na mesma vizinhança.

De fato, é difícil imaginar que um advogado talentoso como Masaru e um simples assalariado como eu teriam se conhecido na vida adulta e se dado tão bem. Embora tenha concordado, não pude deixar de pensar que Masaru tentou matricular os dois filhos em uma escola distante de onde eles moram.

— No ano passado, foi muito divertido quando nos encontramos na Seibu e fomos beber no escritório. Apesar de termos seguido caminhos diferentes, senti que há uma conexão especial entre nós por termos passado seis anos juntos durante o fundamental, e isso me comoveu. Quero valorizar esse vínculo no futuro.

Enquanto ouvia o discurso efervescente de Masaru, o garçom trouxe o doce.

— Com licença, aqui está o parfait de chocolate.

O sorvete de creme com cobertura de chocolate foi decorado com morangos, bananas e waffles. Eu naturalmente dei um sorriso e tirei uma foto, mesmo sem ter a intenção de postá-la.

— Queria ter feito a reunião enquanto a Seibu ainda está aqui.

Masaru estava com uma expressão triste que não combinava com a aparência alegre do parfait. Enquanto saboreava o sorvete que derretia na boca, pensei em algo positivo para lhe dizer.

— Já que agora temos tempo, o que acha de procurar o contato das pessoas que você ainda não tem?

Masaru se animou com a minha sugestão.

— É mesmo! Vou fazer o possível para encontrar!

Senti um alívio ao ver Masaru pegar uma generosa colherada do sorvete.

— Já tem umas cem pessoas no grupo, não é?

— É. Além dessas, consegui contato de outras vinte pessoas, mas ainda faltam oitenta. Infelizmente, não consegui encontrar o Takurō.

No fundo, eu esperava que advogados pudessem usar algum meio especial para encontrar pessoas, mas parece que não era o caso.

— Já dei uma olhada no Facebook. Acho que agora vou tentar procurar no Twitter.

— Mas não é todo mundo que usa o nome verdadeiro…

— Eu uso.

Terminamos os parfaits, pagamos a conta e saímos do Millet.

— Estou com o estômago pesado.

Masaru colocou a mão sobre a barriga.

— É porque já somos tiozões.

A vitrine da loja está cheia de itens coloridos, com taças de parfaits e pratos com waffles e sanduíches. Quando era criança, só podíamos comer parfaits e coisas assim em dias especiais, então eu, meu irmão mais velho e minha irmãzinha ficávamos animados e indecisos com o que pedir.

Vi que algumas lojas estavam saindo do prédio e reabrindo nas proximidades, mas o Café Millet fecharia com o encerramento das atividades da Seibu. Quando pensei no que aconteceria com aqueles itens depois que o café fechasse, senti um aperto no coração e afastei o olhar.

Em agosto, o Gururin Wide começou a transmissão da contagem regressiva da Loja Seibu Ōtsu. O painel mostrava "Faltam 29 dias para o encerramento". Ao lado, havia uma estudante do ensino fundamental 2 com o uniforme do Seibu Lions, segurando minibastões. Ela estava olhando para a câmera, obviamente tentando aparecer na TV. Achei que os jovens de hoje não se interessavam mais por televisão, mas parece que existem exceções.

A estudante continuou a aparecer no Gururin Wide todos os dias. Sem pensar muito, postei no Twitter: "A menina do Lions tá lá de novo hoje."

Quando terminei de trabalhar, olhei o celular e havia uma mensagem de Masaru: "Parece que aquele Takurō do Twitter assiste ao Gururin Wide. Ele parecia interessado na Seibu, então talvez seja o mesmo Takurō que conhecemos."

"Em todo lugar tem um Takurō. E pode ser um nome falso."

Apesar do meu aparente desinteresse, não pude evitar ficar nervoso. Masaru me mandou a postagem.

"Vou responder a postagem e tentar descobrir."

"Mas não sabemos que tipo de pessoa ele é, não é melhor desistir?"

"Se não for ele, ele vai ignorar. De qualquer forma, sinto que Takurō está em algum lugar perto de mim."

Depois de pensar um pouco, resolvi não responder e voltei para a tela inicial do celular. No ícone do Twitter havia um sinal vermelho indicando uma notificação, algo que raramente acontecia.

"Meu nome é Masaru Yoshimine e frequentei a Escola de Ensino Fundamental 1 Banba de Ōtsu. Comecei a segui-lo porque queria te fazer uma pergunta. Se puder, poderia me enviar uma DM?"

Deixei o celular no modo avião, o coloquei em cima do teclado e olhei para o teto.

Takurō é o pseudônimo que uso no Twitter.

Quando criei a conta, queria usar um nome que não fosse o meu, então o que imediatamente surgiu em minha mente foi Takurō. A foto de perfil era apenas uma foto do céu que eu havia tirado.

Desde que Aizawa e Masaru me descobriram, tenho evitado utilizar nomes próprios ao tuitar. Ultimamente, meus posts tem sido "Trabalho remoto é demais", ou "Máscaras estão começando a aparecer nas lojas", coisas que as pessoas esperam de qualquer funcionário de escritório. Não mencionei o Gururin Wide ou a Loja Seibu Ōtsu, então não imaginei que as palavras "menina do Lions" chamariam a atenção de Masaru.

Peguei meu celular mais uma vez e fiquei encarando a mensagem de Masaru, pensando se deveria responder. Em vez de revelar a verdade, seria melhor continuar fingindo que não o conheço.

Decidi responder à DM:

"Prazer. O que você gostaria de saber?"

O verdadeiro Takurō provavelmente teria reconhecido o nome Masaru Yoshimine. A essa altura, Masaru talvez tenha percebido que era a pessoa errada.

Antes que eu tivesse tempo de me preocupar, recebi a resposta de Masaru:

"Me desculpe. Estou procurando um colega de classe chamado Takurō e achei que talvez você fosse ele. Acabei enviando uma mensagem rude, e peço desculpas por isso. Por favor, não se preocupe."

Ao ver a mensagem formal e educada, soltei um grande suspiro.

"Entendo! Espero que você o encontre!"

Apesar da interação ter acabado, fiquei preocupado porque, a partir de agora, Masaru poderia ver os meus posts. Porém, eu não tinha motivos para bloqueá-lo, já que ele não havia feito nada de errado. Pensei em deletar a conta, mas era divertido ver posts aleatórios dos outros, então seria uma pena me desfazer dela.

Percebi que o fechamento da Loja Seibu Ōtsu era parecido com essa situação. Lojas como a Muji, Loft, Livraria Futaba e mesmo outras lojas de departamento podem ser encontradas em Quioto e Kusatsu. A questão é que todas essas lojas estavam reunidas em Nionohama, na cidade de Ōtsu, e agora perderiam o seu valor.

Masaru me mandou uma mensagem:

"Realmente era outra pessoa."

Eu me senti um pouco culpado, mas ele estava apenas colhendo o que plantou ao ter grandes expectativas. Masaru queria tanto encontrar Takurō que, mesmo sem nenhuma pista, mandou uma mensagem para um perfil aleatório no Twitter. Além disso, fui eu que sugeri procurar nossos colegas. Como seria bom se tivéssemos informações sobre ele agora.

Por desencargo de consciência, procurei "Takurō Sasazuka" no Google, mas não encontrei nada. Se eu criasse um site com o título "Estou procurando por Takurō Sasazuka", provavelmente ele apareceria entre os primeiros resultados, mas divulgar o nome de alguém sem permissão poderia ser um problema.

Enquanto pensava se era uma boa ideia usar meu nome real na internet, me dei conta de algo: talvez Takurō ou outros colegas que ainda não conseguimos encontrar também estivessem nos procurando. Se eu reunir o nome dos nossos colegas em uma página com um formulário dizendo "Colegas, entrem em contato aqui", talvez mais pessoas apareçam.

Liguei para Masaru.

— Pensei em fazer um site para nossos colegas — contei.

— Sim, por favor!

Conseguia sentir a animação de Masaru pelo telefone. Deixei o celular no viva-voz, o coloquei em cima da escrivaninha, e logo comecei a criar o formulário.

— E se, além dos nomes, pedíssemos para escrever mensagens?

Ao ouvir a sugestão de Masaru, visualizei os nomes dos nossos colegas juntamente com as mensagens. Talvez ao ver outras pessoas participando, mais pessoas queiram escrever suas próprias mensagens.

— Se deixarmos qualquer um postar, pode ser que vire bagunça, então é melhor verificarmos os nomes e as mensagens antes de postar.

Enquanto fazia o design da página, senti de repente meu ânimo aumentar.

— Quem não quiser usar o nome verdadeiro pode usar um apelido ou qualquer nome de usuário, e quem não se importar em mostrar o rosto pode enviar fotos, como se fosse uma reunião de turma on-line.

— Isso seria muito legal!

Consegui imaginar o rosto sorridente de Masaru. Acho que nunca me diverti tanto fazendo um site. Depois de desligar o telefone, continuei trabalhando enquanto comia balas de goma.

Esta é a página da reunião de turma dos graduados em março de 1991 da Escola de Ensino Fundamental 1 Banba de Ōtsu (atualmente Escola de Ensino Fundamental 1 Tokimeki de Ōtsu), província de Shiga. Se você nasceu no ano de 1977 (entre 2 de abril de 1977 e 1º de abril de 1978) e estudou na Escola de Ensino Fundamental 1 Banba, por favor, envie uma mensagem utilizando este formulário. Alunos que foram transferidos para outra escola na época também são bem-vindos. Você pode compartilhar qualquer coisa, como sua situação atual, seu entusiasmo para a reunião de turma prevista para o ano que vem, suas memórias sobre a Loja Seibu Ōtsu, que logo fechará etc.

Idealizadores: Masaru Yoshimine e Keita Inae.

Dois dias depois de ter a ideia, consegui lançar o site da reunião de turma com sucesso. Para evitar suspeitas sobre o site, utilizei o mesmo domínio que o site do escritório de Masaru. Ele me disse para colocar o meu nome primeiro, mas eu não queria chamar atenção, então deixei como estava.

Coloquei uma foto da Escola de Ensino Fundamental 1 Tokimeki no cabeçalho. Havia a explicação, o formulário de mensagens, e abaixo o espaço para foto, nome de usuário e balões de fala para as mensagens. Ryūji, Aizawa e os outros também enviaram mensagens, que eu postei com antecedência.

Quando estava tudo pronto, Masaru mandou uma mensagem no grupo:

"Fizemos um site da reunião de turma! Aqui está o link, mandem mensagens!"

Como um dos idealizadores, pensei que deveria falar alguma coisa, mas figurinhas dizendo "Ok" e "que legal!" começaram a surgir, e senti meu coração acelerar.

Eu esperava que apenas uma ou duas pessoas reagissem, mas em uma noite chegaram mensagens de dez pessoas. Comentários como "Fico feliz com essa oportunidade, já que não posso voltar para Shiga por causa da Covid-19", ou "Estou participando porque vi nomes familiares na página. Fiquei chocada com o fechamento da Seibu" me davam a sensação de que a iniciativa estava valendo a pena.

No domingo, uma semana depois de lançar o site, eu e Masaru nos encontramos novamente no Millet. A contagem regressiva na entrada marcava "Faltam 16 dias para o encerramento", e senti que o fechamento estava cada vez mais próximo.

— Quando pensei em trazer minha família aqui pela última vez, meus filhos disseram que não gostam de creme de leite fresco. Os tempos mudaram.

Masaru colocou o chantilly na boca. Eu também queria comer parfait uma última vez, então estava feliz por ter vindo.

— Não é difícil atualizar a página dos ex-alunos? Me fala se eu puder ajudar em alguma coisa.

— Tá tudo bem. É divertido ler as mensagens.

Iniciei a página com a pequena esperança de nos conectarmos com Takurō, mas, conforme as mensagens chegavam, começou a parecer uma reunião de verdade. Masaru também comentou sobre o site no Twitter, e mais colegas entraram em contato. Algumas pessoas respondiam as mensagens de outras, o site parecia uma rede social.

— Descobri que foram duzentos graduados, mas havia cerca de 220 alunos matriculados.

Uma pessoa chamada Tanaka, que ficou na escola entre o meio do terceiro e o quarto anos, se mudando em menos de dois anos, enviou uma mensagem dizendo que por acaso viu o post de Masaru.

— Fiquei surpreso que o Yasuda está morando no Quênia.

— Sim! Eu sabia que desde o ensino fundamental ele gostava do cantor Masashi Sada, mas quem podia imaginar...

Yasuda, que era da mesma turma do sexto ano, ficou tão comovido quando ouviu a música de Masashi Sada sobre um médico japonês que trabalhou no Quênia prestando assistência médica voluntária, que foi visitar o país e acabou gostando tanto que se mudou para lá. Quando li a mensagem dele contando sobre sua vida, exclamei em voz alta "Sério?!", sem pensar.

— Nunca imaginei que poderíamos fazer uma reunião de turma assim. Mesmo sendo on-line, deu a sensação de estarmos reunidos e, na verdade, foi bom poder nos reconectar com colegas que normalmente não iriam ao evento.

Do outro lado da placa de acrílico, Masaru estava comendo seu parfait com uma expressão alegre no rosto, completamente diferente de como estava dois meses antes.

— Acima de tudo, estou feliz com a sua sugestão, Keita.

Ouvir meu nome repentinamente me fez engolir o morango que tinha acabado de colocar na boca.

— Sabia que você fazia sites, mas não imaginei que poderíamos usá-lo dessa forma. Fico emocionado ao ver as mensagens chegando todas as noites.

— Não foi nada de mais.

Enquanto tentava ser modesto, esbocei um sorriso. Talvez seja essa sensação de realização que faz com que Masaru aceite de bom grado ser organizador ou assumir cargos de responsabilidade. Depois de sair do Millet, comprei os biscoitos de arroz que minha mãe gosta no térreo e fui para casa.

Faltando uma semana para a Loja Seibu Ōtsu fechar, senti meu coração parar enquanto verificava as mensagens recebidas.

"31 de agosto às 19h, no terraço da Seibu."

A palavra "Takurō" estava escrita no espaço para o nome. O nome de usuário também era "Takurō", e no espaço para o número de telefone e e-mail continham letras e números aleatórios.

Não querendo perder tempo com uma captura de tela, tirei uma foto do monitor com meu celular e enviei para Masaru. Ele respondeu com uma figurinha de um hamster chorando de felicidade, o que me deixou aliviado, pensando que talvez fosse cedo demais para ficar feliz.

"Mas não podemos ir até o terraço."

Quando respondi de forma realista, Masaru enviou:

"Takurō só conhece a antiga Seibu, então com certeza ele acha que ainda dá para entrar no terraço."

"Não sabemos se é ele mesmo, então é melhor não postar essa mensagem. Por ora, você e eu vamos até a cerca da escadaria."

Eu esperava receber uma mensagem do Takurō, mas estava com medo de ser uma falsa esperança.

"O número de telefone e o e-mail são aleatórios, então pode ser uma brincadeira."

Mais uma vez dei uma resposta cautelosa, mas Masaru concluiu com um tom positivo: "Eu já estava planejando ir à Seibu no último dia, então se ninguém vier, não tem problema."

O último dia de funcionamento da Loja Seibu Ōtsu, em 31 de agosto, era um dia claro.

Pelo que vi, a menina do Lions aparece todos os dias no Gururin Wide, e às vezes traz uma amiga. Eu me senti triste ao pensar que hoje daria o adeus. Gostaria de vê-la pessoalmente, mas seria estranho um tiozão ficar olhando para uma menina, então acabei desistindo.

A abertura do Gururin Wide foi da familiar entrada da Loja Seibu Ōtsu. Havia muito mais pessoas do que de costume na tela. Fiquei aliviado ao ver que as duas meninas com as camisas do Lions estavam de pé no meio da multidão.

Desliguei a televisão, terminei de trabalhar e segui para a Seibu para chegar no horário marcado, às 19h. O quadro no interior da loja estava cheio de mensagens. É raro ver tantos bilhetes escritos à mão nos dias de hoje. Quando parei para ler, avistei Masaru, usando uma camisa de manga curta e sem gravata, e carregando uma mochila de trabalho em uma das mãos.

— Quantas pessoas.

A torre do relógio verde, envolta pelo quadro de mensagens, marcava 18h40. Apesar do anúncio de que não haveria cerimônia de encerramento da loja por causa da Covid-19, as pessoas naturalmente se reuniram antes do fechamento às 20h. Não importava o quanto falavam para evitar multidões, as pessoas não deixariam de testemunhar os últimos momentos da Loja Seibu Ōtsu. Uma senhora que parecia conhecer Masaru se lamentou com ele.

— É, é triste mesmo — respondeu meu amigo.

E ainda havia fila para a escada rolante.

— Já que estamos aqui, vamos pela escada?

Mesmo com fila, a escada rolante ainda era mais rápida, mas eu queria subir a escadaria pela última vez. Masaru concordou e seguimos pelo caminho da cafeteria, que exalava aroma de café, em direção à grande escadaria.

Havia apenas algumas pessoas tirando fotos na escada, então estávamos separados do tumulto do andar de vendas. No início eu estava bem, mas aos poucos fui perdendo o fôlego. Foi ainda mais difícil por causa da máscara. Ao passar do terceiro andar, meus joelhos começaram a tremer.

— Foi por aqui que levamos bronca do gerente, não foi? — perguntou Masaru quando chegamos ao quarto andar.

Agora, mesmo que quiséssemos correr, não conseguiríamos.

Ao chegarmos no sexto andar, Masaru e eu exclamamos ao mesmo tempo "Ué?!". A cerca que deveria estar lá havia sido retirada.

— Será que já arrumaram?

Masaru e eu nos entreolhamos, assentimos e seguimos em frente. Empurramos a porta que levava ao terraço cuidadosamente, e ela se abriu como se não estivesse trancada por 44 anos, deixando entrar uma lufada de ar quente. Nós saímos sem dizer uma palavra.

O sol já havia se posto, mas entendemos o que estava acontecendo por causa das luzes ao redor. Havia algumas pessoas tirando fotos da vista do terraço e da placa escrita SEIBU. A grade estava danificada e a tinta descascando, dando a sensação de que 44 anos realmente haviam se passado.

— Masaru! Keita!

Olhamos na direção da voz, e vimos alguém em frente ao portal torī. Masaru saiu em disparada e eu o segui, me perguntando como ele ainda tinha forças.

— Takurō!

Dessa vez, eu sabia que era Takurō antes de Masaru chamá-lo. Suas sobrancelhas cheias e pálpebras duplas eram exatamente como eu me lembrava.

— Você não mudou nada, Masaru!

— Você também quase não mudou, Takurō!

Masaru e Takurō, ambos de máscaras, um de frente para o outro no terraço da Loja Seibu Ōtsu. Uma cena inimaginável um ano atrás.

Juntei minhas mãos e olhei para o céu noturno. Esta noite eu finalmente poderia reescrever a memória amarga que tinha de Takurō.

— Foi Keita quem fez aquele site — disse Masaru, orgulhoso.

Takurō bateu no meu ombro e falou "bom trabalho".

— Keita é um cara que sempre faz o que precisa ser feito. Quando eu desmaiei de insolação, ele comprou um Pocari Sweat pra mim.

Não consigo lembrar da situação exata, mas realmente comprei uma lata de Pocari Sweat da máquina de bebidas e saí correndo.

— Ele salvou a sua vida — disse Masaru, emocionado.

— Como você encontrou o site, Takurō?

Envergonhado, mudei de assunto.

— Minha irmã mais nova encontrou o Twitter do Masaru quando estava procurando coisas sobre a Seibu e me mostrou, perguntando se não era do meu ano.

De fato, a chave era a Seibu. Fiquei muito agradecido à irmã de Takurō, que eu nem conhecia.

— O terraço geralmente fica fechado. Talvez eles tenham aberto por ser o último dia — comentou Masaru.

— Então, sobre isso… — Takurō começou a se explicar.

— Um funcionário veio dar uma olhada e estava aberto. Tinha vindo para o terraço com algumas pessoas que encontrei na escada. Estávamos quase sendo expulsos, mas uma pessoa que estava com a gente disse "É o último dia, não podemos ficar?", e deixaram a gente ficar em segredo.

— Ah, então realmente não podemos entrar. Vamos voltar.

Masaru deu meia-volta, apavorado, e Takurō brincou:

— Esse é o Masaru que conheço.

Eu parei por um momento, tirei a máscara e respirei fundo o ar do terraço.

— Aliás, Takurō, por que você mudou de escola de repente? — perguntei enquanto descíamos as escadas.

— Naquela época, várias coisas estavam acontecendo em casa, aí de repente minha família decidiu que nos mudaríamos.

— Entendi.

Na verdade, eu queria saber o que eram as "várias coisas", mas agora que havíamos nos encontrado, isso não importava. Acima de tudo, queria aproveitar os últimos momentos da Seibu com os meus amigos.

— Certo, vamos para o Paraíso das Aves — sugeriu Takurō. Masaru e eu rimos.

— Não existe há muito tempo — contei a ele.

Mais uma vez, olhamos a exposição *44 anos de história da Loja Seibu Ōtsu*, tiramos uma foto na frente do Millet, lamentamos a redução da seção de brinquedos e falamos sobre os primeiros ternos que experimentamos na seção de roupas masculinas. Mesmo já conhecendo todas as lojas, descobrimos coisas novas ao andar com Takurō. Masaru compartilhou uma lembrança atrás da outra, e eu respondia "que saudade", saboreando esses trinta anos de história.

Conforme a conversa fluía, descobrimos que Takurō morava em Osaka e trabalhava como motorista de caminhão de lixo. Era estranho pensar que ele estava na mesma cidade onde eu trabalhava todos os dias.

Com o horário de fechamento se aproximando, a melodia de Hotaru no Hikari, canção geralmente cantada em cerimônias de formatura, começou a tocar.

— Parece até uma formatura — comentei.

— Vamos cantar juntos! — disse Takurō, começando a cantar.

— Que vergonha, é melhor não — retrucou Masaru.

Mas Takurō o ignorou e continuou cantando Hotaru no Hikari, desafinado. Quando eu também comecei a cantar baixinho, homens da nossa idade se juntaram à cantoria, e nossas vozes se espalharam pelos grupos ao redor. Eu nunca havia chorado em uma cerimônia de formatura, mas senti meus olhos lacrimejarem.

Apenas a entrada leste ficou aberta até o final. O gerente fez uma reverência do outro lado da porta de vidro enquanto a porta de aço abaixava. As pessoas reunidas tiravam fotos e filmavam, gritando "Obrigado!".

No momento em que a porta de aço se fechou, soltei um som que não era nem um suspiro, nem uma exclamação. Os 44 anos de história da Seibu haviam chegado ao fim. Fiquei parado lá, sem palavras, observando a multidão se dispersar.

— Tenho que acordar cedo, então vou indo.

Ao ouvir a voz de Takurō, recobrei os sentidos.

— Se não tiver problema, nos passe seu número de telefone.

Masaru suplicou e Takurō não pareceu relutante.

— Acho que não tem jeito, né? — disse ele, pegando o celular.

Enquanto os dois trocavam contatos, abri o Twitter no meu celular e postei uma foto do momento em que a porta de ferro começara a fechar, com os dizeres "Obrigado por tantas memórias". Quando Masaru vir essa foto, será que vai perceber que o Takurō do Twitter sou eu? Ou será que vai achar que era um cara que por acaso estava perto da gente?

— A reunião de turma será ano que vem, então trate de ir!

— Se eu puder, eu vou.

Takurō foi embora com essas palavras, seguindo até a estação. Masaru e eu ficamos olhando na mesma direção, até Takurō desaparecer de vista.

— Graças a você, Keita, pude encontrar Takurō. Obrigado — agradeceu Masaru, se virando para mim.

Provavelmente era verdade, mas eu queria ser legal e disse:

— Não, foi graças à Seibu.

Havia clientes ao redor da loja relutantes em ir embora, assim como a gente. Parecia mesmo uma formatura. Eu queria aproveitar a atmosfera nostálgica um pouco mais, mas trabalhadores de capacete começaram a cobrir as placas de sinalização ao longo da estrada com lonas.

Conectadas por uma linha

No momento em que Akari Naruse entrou na sala da turma 3 do primeiro ano, eu senti que estava em apuros. Hoje foi a cerimônia de início das aulas da Escola de Ensino Médio de Zeze, da província de Shiga. De todas as pessoas, a menina mais problemática de todas estava na minha turma. Até as outras meninas que eu não conhecia congelaram ao ver Naruse. Era como se um tubarão tivesse aparecido no lago Biwa.

Eu timidamente levantei a cabeça para olhar Naruse mais uma vez. Nós usávamos um blazer no ensino fundamental, então o uniforme em estilo marinheira do ensino médio era uma novidade. Porém, não foi isso que chamou a minha atenção.

Naruse estava careca.

Se eu quisesse zoar com a cara dela dizendo "Naruse, vai entrar pro time de beisebol?", me tornaria a heroína da turma. Seria uma ótima oportunidade para uma estreia espetacular no ensino médio, mas também seria uma atitude muito ousada para alguém discreta como eu. Além disso, fiquei com medo de acharem que sou próxima da Naruse e me evitarem. Aposto que a melhor amiga dela, Miyuki Shimazaki, falaria algo do tipo, mas ela havia ido para outra escola.

Esperei que alguém fizesse um comentário, mas a turma inteira ficou em silêncio. Naruse não pareceu se importar e verificou o mapa de assentos na lousa. Os assentos eram organizados em ordem de chamada, e Naruse, número 31, se sentou no assento da frente da segunda fileira a partir do corredor. Eu, Kaede Ōnuki, era a número 12. Como eu estava sentada na cadeira assento da segunda fileira a partir da janela, tinha uma boa visão dos nossos colegas. Havia todo tipo de reação: alguns pareciam não se importar com Naruse, outros lançavam olhares furtivos para ela, e havia aqueles que encaravam sem cerimônia.

Outro ex-aluno da Escola Kirameki, Ōsuke Takashima, mexia no celular no próprio ritmo. Ele era um cara quieto, nerd, do tipo que não se destacava. Gostaria que tivessem colocado na sala algum garoto que tirasse sarro da Naruse.

Nos tempos atuais, em que a igualdade de gênero e a discriminação pela aparência são tópicos amplamente discutidos, é louvável reconhecer que questionar a cabeça raspada de uma estudante do ensino médio seja considerado inaceitável. No entanto, acho que não seria um problema se pelo menos uma pessoa fizesse alguma brincadeirinha a respeito. Enquanto observava a nuca cinzenta de Naruse, enrolei uma mecha do meu cabelo nos dedos.

Até ontem, eu estava secretamente fantasiando com o início da minha vida no ensino médio, onde eu iria fazer novas amizades. Não quero estar na panelinha do topo, mas gostaria de entrar pelo menos na panelinha do meio. Queria conseguir conversar com garotos facilmente e arranjar um namorado. E também gostaria de ir bem nos estudos e entrar em algum clube. Eu sabia que, para alcançar isso, a primeira impressão era importante, então fui ao salão de beleza. Quando vi o resultado, olhei no espelho e deixei escapar uma exclamação admirada. No entanto, logo quando eu estava animada com meu novo visual, Naruse decide aparecer com sua cabeça raspada.

Depois, fomos para o ginásio onde aconteceria a cerimônia de início das aulas, e coisas ainda mais surpreendentes aconteceram. Foi Naruse quem discursou em nome dos novos estudantes. Não sabia se ela tinha sido escolhida porque fora a primeira colocada no exame de admissão, ou se fora por algum outro motivo. No momento em que Naruse subiu no palco, pareceu haver um murmúrio silencioso no ar. Apenas os alunos da turma 3 do primeiro ano permaneceram calmos, como se estivessem prestes a fazer uma prova e soubessem das questões de antemão. Com uma voz límpida, Naruse leu o discurso e, com gestos impecáveis, fez uma reverência antes de voltar ao seu lugar.

Naruse recebe prêmios desde que estava no ensino fundamental 1. No concurso de desenhos do lago Biwa, recebeu o Prêmio do Museu do Lago Biwa e, no concurso municipal de poemas *tanka*, recebeu o Prêmio da Prefeitura de Ōtsu, se tornando um nome constante nas premiações das assembleias escolares. Enquanto muitos dos vencedores pareciam desconfortáveis ao receber os certificados, Naruse encarava o diretor com uma postura confiante. A maneira como conduzia suas reverências era impecável. Eu mesma já fui premiada na escola com uma menção honrosa por uma resenha literária, mas, diante de tantos olhares, mal consegui me curvar direito.

Após a cerimônia, voltamos para a sala e recebemos nossa futura grade horária. Assim, encerramos o nosso primeiro dia de aula.

Eu morava a cerca de oitocentos metros da escola. Não era uma distância grande o suficiente para ir de bicicleta, então ia a pé, mas, comparado com a ladeira íngreme que eu precisava subir durante o ensino fundamental 2, era uma caminhada tranquila. Depois da cerimônia, vários pais e responsáveis esperavam as crianças do lado de fora da escola, mas minha mãe já havia voltado para casa.

— Por que a Akari raspou o cabelo? — questionou minha mãe, assim que cheguei em casa.

Não era um comentário para zombar de Naruse; parecia ser uma dúvida genuína. Eu me fiz a mesma pergunta.

— A Akari sempre foi meio esquisita, né? Ela se tornou campeã de *kendama* de Ōtsu recentemente, não foi?

No outono do ano passado, houve uma competição no Shopping Branch Ōtsukyō de quem conseguia bater a bola do *kendama* mais vezes. Naruse passou mais de quatro horas sem derrubar a bola, então os organizadores a pararam e lhe deram o título de campeã. Eu apenas li sobre o evento no *Diário de Ōmi*, mas conseguia imaginar a expressão confusa dos adultos.

— Mas a mãe dela é uma pessoa normal.

Eu respondi apenas um "Pois é" e fui para o meu quarto. Poderíamos passar muito tempo discutindo o que significa ser "normal", mas se for aquilo que não chama a atenção, então Naruse definitivamente não é normal.

Eu conheci Naruse há nove anos, mais ou menos nessa mesma época do ano, no primeiro dia de aula do ensino fundamental 1. A pré-escola que frequentei era longe da minha casa, então não conhecia ninguém da minha nova turma. A maioria dos alunos vinha da Creche Akebi, incluindo Naruse. Ouvi duas mães comentando:

— Se estão na mesma turma que a Akari, vai ficar tudo bem.

Na verdade, Naruse era brilhante e se destacava em todas as disciplinas. No começo, eu realmente gostava dela, mas passei a criar certa antipatia por Naruse conforme ela se destacava nas aulas. As outras meninas pareciam sentir o mesmo, então, em determinado momento, todas passaram a evitar Naruse.

No quinto ano, fomos colegas de turma mais uma vez. Nessa época, ninguém mais a chamava de Akari, e todos cochichavam e riam uns com os outros.

— A Naruse é meio... estranha, né? — diziam eles.

Apesar de ser nitidamente deixada de lado, Naruse não parecia se importar nem um pouco. Ela estava sempre sozinha, e quando fazíamos duplas na aula de educação física, Naruse acabava sobrando e formando dupla com o professor, com uma expressão resignada, como se soubesse que era inevitável sobrar, já que a turma tinha um número ímpar de alunos. As pessoas riam dela por causa disso, mas Naruse não parecia ouvir.

As meninas da turma 2 do quinto ano eram divididas em três panelinhas: a do topo, a do meio e a de baixo. Foi nessa época que percebi que estava na de baixo. A panelinha do topo interagia facilmente com os meninos; a do meio parecia se divertir com outras meninas; e a de baixo não se encaixava em nenhum dos grupos anteriores. E havia Naruse, que não pertencia a panelinha nenhuma e vivia isolada.

Para nós, Naruse era o bode expiatório perfeito. Quando ela não estava por perto, nós sabíamos que a panelinha do topo provavelmente iria implicar com a gente.

Um dia, quando Naruse recebeu um prêmio na assembleia matinal, as líderes da turma, Rinka e Suzuna, pegaram do armário de Naruse o canudo preto com o certificado do prêmio. Nossa panelinha teve um presságio do que estava por vir, e observamos petrificadas. Então as duas vieram até nós e disseram:

— Vocês podem esconder isso da Naruse?

Não havia dúvida de que o certo era recusar, mas se recusássemos, era óbvio que nossa posição estaria em perigo. Enquanto hesitávamos em responder, Rinka apontou para mim.

— A Nukkie é inteligente, sabe, então tenho certeza de que ela pode pensar em um bom esconderijo, não é?

Não posso negar que um toque de alegria se misturou à confusão que eu sentia. O apelido Nukkie, do qual eu nunca gostei, de repente me pareceu agradável.

Estiquei a mão e peguei o canudo. No instante seguinte, vi Naruse atrás das risonhas Rinka e Suzuna. Senti que fui salva pelo gongo.

— Ah, você deixou cair isso.

Dei um passo para frente e entreguei o canudo à Naruse. Ela o segurou e me encarou sem dizer uma palavra. Seus olhos estavam cheios de hostilidade, e fiquei tão assustada que não consegui dizer mais nada.

Naruse fez a mesma coisa com Rinka e Suzuna, uma de cada vez, depois voltou para o seu lugar.

— O que foi isso? — perguntaram as duas, rindo, mas seus sorrisos estavam tensos, deixando óbvio que era apenas fingimento.

Acho que estudantes de ensino médio não teriam atitudes infantis como esconder pertences dos outros, mas talvez alguém tenha uma má impressão de Naruse. Não quero me envolver nesse tipo de situação como naquela época, mas fiquei pensando sobre o que eu faria caso acontecesse enquanto olhava a programação anual.

No dia seguinte, antes das aulas começarem, todos nós nos apresentamos. Achei que seguiríamos com as apresentações em ordem alfabética, mas o professor mandou o número 1 e o 41 jogarem pedra, papel ou tesoura para decidir quem começaria. Por causa disso, começaram pelos últimos da chamada. Se eu falasse depois da Naruse, havia o risco de todo mundo descobrir que viemos do mesmo colégio. Torci para que ela não mencionasse o nome da nossa antiga escola, mas Naruse declarou com firmeza:

— Sou Akari Naruse, estudei na Escola de Ensino Fundamental 2 Kirameki de Ōtsu e moro em Nionohama.

Além disso, Naruse havia levado seu próprio *kendama* e, sem hesitar, afastou a mesa do professor para começar sua performance. Fez a bola vermelha circular pela base grande, pela base média, pela base pequena e pelo pino; fez a bola se encaixar no pino com precisão e, para finalizar, até realizou um truque de mágica em que fez a bola desaparecer. Por que Naruse sempre exagera? Soltei um breve suspiro e, após um instante de silêncio, a sala foi tomada pelo som de aplausos e gritos de entusiasmo. Os colegas batiam palmas com sorrisos no rosto. Naruse, por outro lado, não parecia especialmente animada. Ela simplesmente colocou a mesa do professor de volta no lugar e retornou ao seu assento.

As apresentações que se seguiram pareciam ter perdido completamente a tensão que pairava até então. Se antes os colegas falavam de assuntos sem graça como suas matérias favoritas ou os clubes dos quais participaram no ensino fundamental 2, agora compartilhavam seus canais favoritos do YouTube e histórias engraçadas daquela época, tornando o ambiente mais acolhedor.

Enquanto ouvia as apresentações, também montei uma estrutura na minha cabeça. O que mais gosto de fazer é jogar videogame, mas qual jogo vai agradar a turma? *Pokémon*, *Super Smash Bros.*, *Animal Crossing*? Se eu falar dos meus personagens favoritos, pode ser que alguém com o mesmo hobby venha conversar comigo.

Quando chegou a minha vez, dei um passo à frente.

— Sou Kaede Ōnuki. Estudei na Escola de Ensino Fundamental 2 Kirameki de Ōtsu, e venho a pé para a escola.

Sem querer, olhei para a diagonal à esquerda, e meus olhos encontraram os de Naruse. Apesar de ela não ter um olhar ameaçador, não conseguia decifrar o que estava pensando. Sua cabeça raspada a deixava mais amedrontadora. As anotações mentais que havia feito fugiram como se tivessem sido sopradas ao vento.

— E-eu fazia parte do time de tênis de mesa, e m-minha matéria favorita é ja… japonês. Obrigada.

Que apresentação ruim. Será que alguém iria querer fazer amizade comigo depois de ouvir isso? Todos na sala pareciam estar ficando entediados, e houve aplausos esparsos. Como alguém conseguia causar uma primeira impressão tão chata? Era tarde demais para desejar não ter olhado para Naruse.

Durante a hora do almoço, Yūko Ōguro, que sentava na minha frente, falou comigo e decidimos almoçar juntas. Yūko se apresentou da mesma maneira simples que eu, e o comprimento longo de sua saia passava a impressão de que ela pertencia à panelinha de baixo. Pensei se uma menina como ela combinava comigo, mas me corrigi, me lembrando que não podia desprezar uma amizade verdadeira em potencial.

— Posso te chamar de Kaede?

— Claro! — respondi vigorosamente, não querendo perder a oportunidade de escapar do apelido Nukkie.

— Posso te chamar de Yūko?

— Pode!

Era meio embaraçoso ter que confirmar o nome pelo qual iríamos nos chamar.

— Tem muita gente com sobrenome que começa com a letra A nessa turma. É a primeira vez que venho depois do número 10 — disse Yūko.

Apesar de não ser um assunto muito interessante, eu concordei.

— Pois é.

— Você mora perto da escola, Kaede? Que inveja!

Yūko mora na cidade de Kōka, então sai de casa por volta das 6h e faz duas baldeações para chegar à estação Zeze Honmachi. Ao ouvir as apresentações, percebi que há alunos de várias regiões da província. Pensei em usar meu poder de moradora e achar um jeito de chamar a atenção espalhando informações locais, mas não consegui pensar em nada que interessasse estudantes do ensino médio.

— Yūko, já decidiu em qual clube você quer entrar?

Aparentemente, 96% dos alunos do primeiro ano do ano passado participavam de alguma atividade. No ensino fundamental 2, entrei no clube de tênis de mesa porque uma amiga do fundamental 1 me convidou, mas não melhorei muito, então não pretendia continuar no ensino médio.

— Ainda não. Quer ir comigo dar uma olhada?

Independentemente de participar ou não do mesmo clube que Yūko, fico feliz em não estar sozinha. Uma linha fina me conecta a ela. Ao olhar pela sala, vejo panelinhas se formando aqui e ali, e linhas surgindo. Agora, essas linhas se conectam como teias de aranha, formando grupos e solidificando a hierarquia. Diferente daquelas brincadeiras infantis de ligar os pontos, em que a resposta é previsível pela disposição do pontilhado, os relacionamentos humanos conectam pontos inesperados.

Todos os anos, do canto da sala, eu observava as amizades nascendo, e criava um diagrama de amizades. No ensino fundamental, mesmo que as pessoas mudassem de turma, havia muita gente conhecida, então era só ajustar o esquema. Mas no ensino médio, eu teria que criar um praticamente do zero. Como parecia tarde demais para isso, queria encontrar uma posição boa e que não chamasse a atenção.

De repente, olhei para o assento de Naruse, mas não havia ninguém ali. Ela devia estar zanzando por aí. Acho que eu não conseguiria viver assim, sem me importar com o que as outras pessoas pensam.

— Tem mais pessoas da Escola Kirameki, né? Quem era mesmo? — perguntou Yūko, e comecei a tremer.

— Ah, bom, tem o Takashima... e a Naruse.

— Naruse, você quer dizer... Aquela do *kendama*?

Ela não parecia lembrar que Naruse viera da Escola Kirameki. Fiquei surpresa, e me perguntei por que estava me preocupando até agora.

— É. Mas eu não tinha muito contato com ela.

O contato mais próximo que tive com Naruse foi o incidente do canudo no quinto ano. Não acharia estranho se ela não lembrasse do meu nome.

Depois da aula, eu e Yūko demos uma olhada no clube de inglês, de fotografia e de literatura. Todos foram muito atenciosos, mas ainda não conseguia escolher um.

— Ah é, também quero ver o clube de *karuta*! — disse Yūko.

Karuta é um jogo de cartas tradicional, em que a versão mais popular utiliza a coletânea poética *Cem poemas de cem poetas*. Com as cartas espalhadas pelo tatame, os jogadores ouvem a primeira parte do poema e precisam encontrar rapidamente a carta que contém a segunda parte. O clube de *karuta* da Escola Zeze é renomado e participa do campeonato nacional todos os anos. Em Ōtsu há diversos templos e santuários relacionados a poetas, sendo um tema recorrente nas pesquisas escolares. Eu já tinha alguma familiaridade, então talvez valesse a pena tentar.

Assim que nos aproximamos da sala em estilo japonês no prédio de seminários, ouvimos os versos do *Cem poemas de cem poetas* sendo lidos em voz alta. Falei para Yūko que era melhor nos mantermos em silêncio, e ficamos observando. Ali, vimos uma menina careca, sentada no tatame, de frente para sua adversária. Assim que a primeira sílaba do verso foi enunciada, ela deslizou o corpo sobre o território adversário com a ousadia de um jogador de beisebol do ensino médio e pegou uma das cartas espalhadas no piso.

— Como você é rápida, Naruse!

— Se você aprender como pegar as cartas com eficiência, pode ir para a categoria A, em que apenas os melhores jogadores participam.

Mesmo sendo elogiada pelos veteranos, a expressão de Naruse permaneceu impassível. Eu ouvi dizer que, no ensino fundamental 2, ela fazia corridas de longa distância no clube de atletismo. Mesmo não sendo próxima de Naruse, fiquei preocupada, pensando se ela conseguiria se dar bem com os membros do clube de *karuta*.

— Vocês têm alguma experiência com *karuta*? — Uma veterana vestindo uma camiseta preta veio nos perguntar.

— Ah, se não é a Ōnuki.

Naruse olhou para mim e levantou a mão. Assustada, congelei e não consegui dizer nada.

— E você veio com a Ōguro?

Surpresa, Yūko perguntou:

— Como você sabe o meu nome?

— Você se apresentou como "Yūko Ōguro", não foi? — respondeu Naruse, com um tom intrigado.

— Você vai entrar no clube de *karuta*, Naruse?

— Foi para isso que eu li toda a coleção do mangá *Chihayafuru*.

— Você conhece a coletânea *Cem poemas de cem poetas*?

— Eu sei todas as sílabas iniciais dos poemas, então consigo identificá-los, mas essa é a primeira vez que jogo de fato.

Maravilhada, Yūko exclamou "Incrível!", enquanto eu dei apenas um sorriso sem graça. Não quero estar no mesmo clube que Naruse. Eu queria sair da sala o mais rápido possível, mas Yūko estava interessada, então decidi me juntar a ela no teste de *karuta*.

Nos deram um baralho de cartas para iniciantes, cujas sílabas iniciais já estavam desbotadas. Alinhamos as cartas enquanto ouvíamos as explicações dos veteranos, depois começamos a jogar. Eu não estava muito a fim, então pegava apenas as cartas que estavam perto de mim. Naruse, que estava um pouco mais longe competindo com um veterano, ainda pegava as cartas da sua maneira dinâmica, e levava um bom tempo para alinhar as outras nos seus devidos lugares.

Decidimos encerrar nossas visitas com o clube de *karuta*, e fomos embora.

— Tem algum clube que você queira entrar, Kaede?

— Não, ainda não me decidi.

— Eu queria tentar o clube de *karuta*, mas minha casa é meio longe, então talvez seja cansativo.

As palavras de Yūko me fizeram sentir um pouco culpada por morar perto.

— Vou pensar em casa. Tchau, tchau!

— Tchau!

Estava cansada só de visitar os clubes. Passei na loja de conveniência para comprar algum doce e encontrei Shimazaki. Vê-la com outro uniforme me fez perceber que de fato estávamos em escolas diferentes. Quando terminou de pagar, Shimazaki me notou e me chamou:

— Oi, Nukki! Que legal o seu cabelo!

Fiquei feliz por ela ter notado e mexi no meu cabelo de forma exagerada. Meus novos colegas nunca viram como era o meu cabelo antes, então não tinha muito jeito, mas ainda assim fiquei triste por não notarem.

— Você alisou? Ficou muito bonito.

Até o mês passado, meu cabelo era encaracolado, com frizz, e em vez de crescer para baixo, crescia para cima e para os lados. Eu o mantinha em um comprimento razoável, preso em um rabo de cavalo, mas raramente ficava do jeito que eu queria.

Decidi alisar o cabelo durante as férias de primavera e, depois de cinco horas de tratamento, ele estava liso. Depois disso, senti que estava na mesma posição de largada das outras meninas.

— É verdade. Você ficou sabendo? A Naruse raspou o cabelo — comentou Shimazaki, dando risadas.

— Uhum. Nós estamos na mesma turma.

— É mesmo? E o que está achando?

Shimazaki não esconde sua afeição por Naruse. Quando estávamos no quinto ano também era assim. Quando as meninas falavam mal dela, Shimazaki casualmente saía de perto. Apesar de não conversar com Naruse durante a aula, dava para perceber que ela não compactuava com as pessoas que zombavam da garota.

O ponto de virada foi quando Naruse apareceu no canal local como a "menina genial que faz bolhas de sabão gigantes".

No dia seguinte ao programa, as meninas da panelinha do meio, inclusive Shimazaki, rodearam Naruse. Rinka e Suzuna ainda a viam com maus olhos, achando idiota o fato dela ter aparecido na televisão, e nós, meninas da panelinha de baixo, nem chegávamos perto de Naruse. Por outro lado, os meninos a achavam impressionante, e era óbvio que os ventos haviam mudado de direção.

No fundamental 2, Naruse e Shimazaki formaram uma dupla de *manzai* e se apresentaram no Festival Cultural. Segundo rumores, parece que elas até participaram do M-1 Grand Prix.

Quando falei para Shimazaki que Naruse havia ganhado o coração dos colegas com sua habilidade de *kendama* e mágica, e que tinha se dado bem no clube de *karuta*, Shimazaki comentou, feliz:

— Típico da Naruse.

Se ela deixasse de ser a típica Naruse, será que Shimazaki a abandonaria? Não, com certeza ela aceitaria a nova versão.

— Na próxima, me conta mais sobre a Naruse.

Shimazaki se despediu e foi embora. Mesmo que não estivesse interessada em saber sobre mim, ela não deveria ter falado daquele jeito. Ou talvez tenha achado que eu também estava interessada em falar sobre a Naruse. Irritada, comprei um pudim com bastante creme, algo que não compraria normalmente.

No dia seguinte, Yūko me disse que decidira entrar no clube de *karuta*.

— Já que o ensino médio é uma vez na vida, resolvi tentar para não me arrepender depois.

Hesitei, pensando que talvez devesse entrar no clube de *karuta* também, mas Yūko não tentou me persuadir e logo começou a falar sobre lição de casa.

Não era nem 16h quando voltei para casa direto da escola. Não me importava mais com a história dos clubes. Se houvesse um clube que competisse pelo menor tempo que levava para chegar em casa, eu seria uma forte candidata. Não tive um bom começo de ano letivo, e talvez fosse mais a minha cara ter uma rotina sem graça no ensino médio. Foi a mesma coisa quando entrei no ensino fundamental 2. Eu esperava que algo mudasse, mas nada mudou. Eu via meus colegas e tentava não ser excluída nem sofrer bullying.

Eu passei a ter muito medo de sofrer bullying quando estava no quarto ano. Uma menina da minha turma que morava na província de Shiga havia pulado de um prédio por não suportar mais o bullying que sofria.

Eu já havia visto notícias de crianças cometendo suicídio, mas saber que era uma menina da mesma província e com a mesma idade que eu foi um choque enorme. Ela provavelmente também crescera vendo o lago Biwa, e se tivesse sobrevivido teria feito o passeio no navio *Uminoko* no ano seguinte.

Seria melhor que o bullying desaparecesse, mas sabia que não era fácil assim. Eu achava que a melhor estratégia era ser discreta e não me isolar.

Na verdade, queria ter alisado o cabelo antes, mas me segurei porque não queria parecer que estava me arrumando demais. Também era importante para mim não engordar, então evitava comer doces. Graças a isso, consegui levar uma vida pacífica e segura até me formar no ensino fundamental.

Pensei em fazer a lição de casa e assim que abri o caderno de exercícios de matemática me ocorreu um pensamento.

Se eu começar a estudar seriamente a partir de agora, será que conseguiria entrar na Universidade de Tóquio, a Tōdai? Evitei estudar com afinco até então porque não queria me destacar com notas muito altas. Mesmo quando eu podia ter me esforçado um pouco mais, acabava me controlando e deixando pra lá. Nas provas do ensino fundamental, eu me mantinha entre o décimo e o vigésimo lugar. No entanto, como Naruse nunca saía do primeiro lugar, acho que todas as minhas preocupações eram infundadas.

Se eu me dedicar aos estudos para passar na Tōdai, tenho uma desculpa para não fazer amigos e não participar de um clube.

Certo, vou tentar.

Assim que decidi qual era o meu objetivo, senti que de repente havia amadurecido um pouco.

Almejar a Tōdai é uma meta razoável, mas ser excluída por causa disso não seria nada bom. Eu via de soslaio os laços de amizade entre meus colegas aumentando enquanto continuava estudando inglês.

O tempo era o mesmo para todos até o vestibular, mas eu tinha a vantagem de morar perto da escola. Quando penso que tenho mais tempo disponível para resolver mais questões enquanto todos estão se desgastando com o trajeto de ida e volta da escola, me dou conta de como sou sortuda.

Falei para a minha família que almejava entrar na Tōdai. Minha mãe reagiu de forma realista.

— Você consegue mesmo? — questionou ela.

Ou então:

— Mas a Universidade de Quioto é mais perto.

Mas meu pai foi extremamente positivo e me incentivou:

— Você consegue, Kaede!

Minha irmã, três anos mais nova, disse que seria legal se eu participasse daquele programa de quiz "O Rei da Tōdai", mas acho que eu não tenho os requisitos para participar.

Já era final de maio, quase metade do semestre, mas continuei almoçando com a Yūko. Eu achava que ela ia preferir ficar com os amigos do clube de *karuta*, mas como Naruse era a única pessoa da nossa turma que fazia parte do clube, Yūko continuou falando comigo. Assim, pelo menos até o final do ano letivo, eu não ficaria sozinha.

Naruse vinha se destacando cada vez mais no clube de *karuta* e estava treinando intensamente para obter um *dan* e se tornar uma jogadora de nível avançado.

— A Naruse conversa com o pessoal do clube de *karuta*?

Quando perguntei, Yūko fez uma cara do tipo "Por que você está me perguntando isso?".

— Sim, conversa. Todos a chamam de Narupyon.

Tentei mover os lábios para dizer "Narupyon" sem emitir som, mas a discrepância com a imagem que eu tinha em mente era tão grande que senti um desconforto na boca.

Na sala, Naruse mantinha o próprio ritmo. Ela continuava sendo excluída pelas meninas do quinto ano, mas como estudante do primeiro ano do ensino médio ela era vista apenas como "uma garota meio estranha". Seu cabelo já havia crescido um pouco, mas eu sentia certa nostalgia da época em que estava bem rente e cinza.

E assim como o cabelo de Naruse, o meu também cresceu, e os fios encaracolados começavam a surgir nas raízes. Comparado com antes, ainda está completamente liso, mas só de pensar que preciso fazer o tratamento de novo e de novo, já fico nervosa. Considerei raspar o cabelo por um momento, mas odiaria que as pessoas achassem que estou copiando Naruse.

Na escola, começaram os preparativos para o Festival da Brisa do Lago, e era visível como os alunos estavam fortalecendo seus laços. Para o projeto da nossa turma, foi decidido que faríamos uma casa mal-assombrada, e eu, junto com Yūko, entrei na equipe de cenografia, que parecia menos chamativa.

Na verdade, eu preferiria estudar em vez de perder tempo com isso, mas não seria bom me excluir dessa forma. Acabei me enturmando o suficiente para conversar com os outros membros da equipe. Eu sabia que se dedicar a esses eventos fazia parte da vida escolar, mas queria economizar minha energia para os estudos.

Felizmente, meus esforços estavam dando resultados. Tive boas notas nas provas de meio de semestre, então valeu a pena deixar o Nintendo Switch de lado. Quando falei para o professor do cursinho que queria ir para a Tōdai, ele disse que, se eu continuasse nesse ritmo, teria boas chances de passar.

Aos sábados, tento estudar na sala de estudos individual do cursinho. No caminho para lá, em Tokimekizaka, vi Naruse e Shimazaki fazendo *manzai* no Parque Banba. Alguns pais com filhos pararam para assistir.

Eu acelerei, olhando para longe do parque e desejando que elas não me notassem. Do outro lado da rua, um prédio estava sendo construído no lugar da antiga Loja Seibu Ōtsu. Eu geralmente passo sem prestar atenção, mas de repente fiquei triste que a Seibu não estava mais lá.

Dizem que o número de casais aumenta na época do Festival da Brisa do Lago, e a atmosfera doce também começou a pairar no ar da turma 3 do primeiro ano. Ouvi rumores de quem confessou seu amor para quem, e os coloquei no diagrama de amizades. Colegas começaram a namorar veteranos ou alunos de outras turmas, expandindo seu círculo social. Alguns se afastaram de suas panelinhas, enquanto outros mantiveram as conexões. Algumas pareciam naturais desde o início do ano letivo, enquanto outras eram surpreendentes, e eu me divertia observando tudo como se estivesse assistindo a um reality show.

Quando eu estava determinada a assistir tudo de uma distância segura, ocorreu um incidente inesperado.

— Ōnuki, vamos voltar juntos?

Alguém me chamou quando estava saindo pelos portões da escola; eu me virei e vi Naoya Suda, meu colega de turma. Nós dois estávamos na equipe de cenografia e conversamos algumas vezes, mas nada que pudesse despertar nele um interesse por mim. Ele era gentil, do tipo que não zombaria nem mesmo de uma garota como eu, mas nunca imaginei que fosse se atrair justamente por mim.

Se me lembro bem, Suda mora perto da estação de Kusatsu. Como vou para a escola a pé, nossos caminhos naturalmente não deveriam se cruzar.

— Por que você quer voltar comigo?

Suda olhou ao redor por um breve momento.

— Você quer entrar na Tōdai, não é? — perguntou ele.

— Como você sabe?

Suda me mostrou a capa verde do livro "Inglês 1 - Universidade de Tóquio" que estava em sua mochila. É o que usamos no cursinho, eu tenho um igual.

— Eu vi na sua mochila por acaso. Também frequento o curso na frente da estação de Kusatsu.

Quando olhei para baixo sem conseguir dizer nada, Suda continuou:

— Bom, não estou te pedindo em namoro nem nada, só pensei que pelo menos poderíamos trocar informações...

Minhas expectativas foram despedaçadas logo de cara, mas não era de todo ruim. Era como se a névoa ao nosso redor tivesse se dissipado, e de repente eu pudesse enxergar com clareza a armação preta dos óculos de Suda.

— Estou indo pra casa estudar... Quer ir junto, Suda?

Eu me arrependi dessa proposta ousada assim que falei, mas já havia confirmado que ele não tinha interesse por mim.

— Se você não se importar, Ōnuki — respondeu Suda e me acompanhou até em casa.

Assim que abri a porta da frente, tudo se tornou um problema. Meu quarto não era planejado para receber mais de uma pessoa. Nem mesmo meninas vinham aqui desde o ensino fundamental 2.

Falei que meu quarto estava bagunçado e o levei até a mesa de jantar. Minha mãe e minha irmãzinha não voltariam antes das 18h. Achei que seria mal-educado não servir nada, então coloquei chá de cevada em um copo e entreguei a ele.

— Vamos tentar fazer a lição de matemática? Quero ver como você faz, Ōnuki.

Achei que me distrairia estudando com outra pessoa, mas Suda não falava muito, então não me atrapalhou. Depois de resolvermos todas as questões, trocamos algumas impressões, como "Essa daqui foi difícil" ou "Aqui dá pra economizar tempo na prova". Quando explicava meu raciocínio para chegar a alguma resposta, Suda respondia de forma agradável "Entendi" ou "Impressionante". Até então, me considerava uma pessoa com dificuldades de comunicação, mas talvez eu apenas não tivesse encontrado alguém com quem realmente pudesse conversar.

— Ōnuki, você vai ao open campus em agosto?

Eu sabia que a Tōdai tinha um dia em que abria suas portas para receber futuros alunos e apresentar suas instalações e atividades, mas eu ainda estava no primeiro ano e não me passou pela cabeça ter o trabalho de pegar o trem-bala até lá. Não andava de trem-bala desde que fora à Disney com a minha família antes da pandemia de Covid-19. Nós também deveríamos ter ido para Tóquio na viagem escolar do ensino fundamental 2, mas acabou virando uma excursão bate e volta para o Santuário de Ise e a rua comercial Okage Yokochō.

— Você vai, Suda?

— Ainda não decidi. Se você for, acho que vou.

Foi a primeira vez que alguém falou comigo dessa forma, fiquei animada.

Mais uma vez procurei informações sobre o open campus da Tōdai. Meu cursinho teria aulas de verão nesse dia, mas acho que não tinha problema faltar para ir ao evento.

— Então, vamos?

— Sério? Se você quiser, eu posso comprar as passagens do trem-bala. Você pode me pagar depois.

De repente, me lembrei que havia outras maneiras de chegar a Tóquio além do trem-bala, como o ônibus noturno ou o bilhete especial Seishun 18, que permite viagens ilimitadas em trens locais. Como ele pensou no mesmo meio de transporte que eu, talvez tenha uma condição financeira parecida com a minha.

— Se você não se importar com um hotel simples, posso reservar dois quartos.

A palavra "hotel" me deixou estranhamente tensa. Suda parecia tranquilo, então comecei a me preocupar se não era eu quem estava interpretando a situação de forma errada.

— Obrigada. Mas pode deixar que eu vejo sobre o trem-bala e o hotel.

Um plano sem precedentes estava em andamento. Até então, meus passeios com amigos me levaram, no máximo, até Quioto. De repente, estou prestes a ir sozinha com outra pessoa até Tóquio. Será que isso vai dar certo?

— O evento foi cancelado por dois anos por causa da pandemia. Fico feliz que vão retomar esse ano.

Suda parecia animado como um estudante do ensino fundamental 1.

Naquela noite, quando falei que queria ir ao open campus com alguém da escola, minha mãe se mostrou surpresa.

— Você fez amigos?! — perguntou ela.

Como eu sabia que seria problemático se ela descobrisse que é um garoto, só disse que era um colega de turma que mora em Kusatsu e que está no clube de química.

Desde então, comecei a trocar mensagens com Suda. Com um novo amigo, acabei baixando a guarda sem perceber. Estava almoçando com Yūko como de costume e fui atingida por um ataque inesperado.

— Kaede, você não se importa comigo, não é?

Não queria admitir, mas no momento em que ela disparou aquelas palavras, eu olhava para outras panelinhas e observava como seus integrantes interagiam. Pega de surpresa, não consegui nem dizer que não era bem assim.

— Sempre achei que você não gostava muito mim. Acho que não tenho muito o que fazer quanto a isso, mas como você consegue deixar tão óbvio?

Seu tom de voz era calmo, mas seus olhos tremiam, e eu percebi que ela havia reunido toda sua coragem para me dizer aquilo. Quando tive o mesmo sentimento em relação a Shimazaki, também não consegui falar nada.

— Tenho pensado sobre isso há um tempo, mas acho que vou almoçar em outro lugar a partir de amanhã.

Foi então que percebi a seriedade da situação.

— Me desculpe, não era a minha intenção.

— Você não precisa se forçar a nada. Pode almoçar com o Suda.

Achei que tinha avaliado minha posição com cautela, mas agora sinto como se tudo estivesse errado desde o início. Se eu conseguia enxergar isso, então Yūko também conseguia. Sem pensar, devolvi a pergunta:

— E você, Yūko? O que vai fazer?

— Tem um pessoal da turma 5 com quem pego o trem todas as manhãs. Estou pensando em almoçar com eles.

Foi uma derrota completa. Yūko tem outro grupo de amigos, o do trem para a escola. Não imaginei que morar por perto seria um tiro no pé no quesito fazer amizades. Não tinha o que fazer a não ser pedir desculpas novamente.

— Tudo bem. Não estou brava nem nada. Apenas quero mudar um pouco os ares. Acho que você também prefere isso.

De repente, Yūko pareceu mais velha, e percebi que estive subestimando-a até então. Havia a possibilidade de ela conspirar com outras meninas da turma e me atacar. Mesmo que ela falasse que não estava brava, não sabia como encará-la daqui em diante.

No dia seguinte, tive febre. Achava que minha situação ficaria ainda mais precária se faltasse. Mas desde a Covid-19, diziam para descansarmos mesmo ao menor sinal de febre. Não conseguia dormir na cama, e mesmo quando abria o livro de inglês deitada, o conteúdo não entrava na minha cabeça. Ficaria mais tranquila se recebesse uma mensagem da Yūko, mas meu celular permaneceu em silêncio.

À noite, o interfone tocou. Eu ignorei, pensando que não precisava atender, mas ele tocou novamente. Abri a porta com uma breve esperança de que alguém tinha vindo me visitar por estar doente, mas era Naruse parada ali.

— Vim trazer os folhetos que entregaram hoje.

O que Naruse me entregou foi um boletim informativo de saúde. No topo, havia o título menos urgente possível: "Tome um bom café da manhã."

— Por que você veio? Não precisava se dar ao trabalho de vir até aqui.

Minha voz saiu mais áspera do que esperava. Sem hesitar, Naruse respondeu:

— Porque minha casa é aqui perto. E eu também faço parte do comitê de saúde. Preciso proteger a saúde dos meus colegas.

— Me deixa em paz.

Eu fechei a porta de correr com força. Do outro lado do vidro jateado, o vulto de Naruse ficou parado por alguns segundos e então se foi.

Pelo jeito, ela virá todos os dias em que eu estiver ausente. Peguei o celular e procurei por maneiras de baixar a febre. Nesse meio-tempo, recebi uma mensagem de Suda, preocupado com a minha saúde, dizendo "Descanse bastante", mas isso não era importante agora. Respondi de forma neutra com uma figurinha do Pikachu falando "Obrigada" e, em seguida, coloquei compressas de gelo no travesseiro, pressionei pontos de acupressão para reduzir a febre e tentei qualquer método que parecesse minimamente eficaz.

Talvez por isso minha febre tenha baixado na manhã seguinte. Foi a primeira vez que comemorei ao ver 36ºC no termômetro. Ao chegar na escola, Yūko perguntou com preocupação se eu estava bem, e me senti culpada, sabendo que a errada na situação era eu.

— Ontem almocei com o pessoal da turma 5, mas era muita gente e não me senti confortável... Podemos almoçar juntas de novo?

Eu queria segurar a mão de Yūko com força, mas não queria assustá-la.

— Você tem certeza?

Eu falei no tom mais animado possível, e Yūko assentiu.

Durante o almoço, falei sobre a minha vontade de ir para a Tōdai e minha relação com o Suda, coisas que não tinha comentado até então.

— Desculpa. Era um pouco embaraçoso e difícil de contar.

— Isso acontece.

Yūko disse que queria se tornar funcionária pública depois de se formar na faculdade. Ela havia planejado todo o seu futuro, enquanto eu apenas tinha decidido que iria para a Tōdai.

— Você com certeza vai conseguir, Yūko.

As palavras saíram da minha boca sem hesitação.

No dia do open campus, Suda e eu nos encontramos às 7h na estação de Quioto. Para me preparar para este dia, fui ao salão de beleza mais uma vez. Tinha cerca de quatro centímetros de cabelo ondulado na raiz, então fiz o alisamento novamente. Achei que dessa vez levaria menos tempo porque a parte que tinha alisado antes ainda se mantinha lisa, mas mesmo assim precisei fazer o tratamento no cabelo inteiro, então o procedimento levou quatro horas ao invés de cinco.

No trem-bala, nos sentamos um ao lado do outro, mas não conversamos, apenas estudamos. Era legal que a presença de Suda não atrapalhava meus estudos. Em silêncio, continuei resolvendo os exercícios de inglês.

Em frente ao Akamon, portão histórico e um dos símbolos da Universidade de Tóquio, muitos estudantes de ensino médio e seus responsáveis tiravam fotos como se estivessem em um parque temático. Lembro que até fiquei enjoada ao ver essa mesma cena com o céu azul no fundo quando a área da Nintendo foi inaugurada no Universal Studios Japan.

Primeiro, acompanhei Suda em uma palestra na área de engenharia que ele queria ver. Eu quero entrar na Faculdade de Ciências Humanas, mas achei que a palestra sobre pesquisas de inteligência artificial poderia ser interessante.

A grande sala de aula não era muito diferente das que havia na Universidade Ritsumeikan, onde eu havia prestado o exame de proficiência em ideogramas. Aparentemente, não é porque se trata da renomada Tōdai que há salas especiais. No início, ouvi a palestra com interesse, mas, no meio, o assunto ficou difícil e perdi o foco.

No campus, os estudantes do ensino médio caminhavam em um ritmo próprio. Tinha tanta gente quanto no Festival de Fogos de Artifício no Lago Biwa, em Ōtsu. Pensar na silenciosa área de Tokimekizaka, que se estende desde a estação Zeze, me fez sentir saudades da minha terra natal. As pessoas andando por ali pareciam ser de cidades grandes, e nós com o uniforme da Escola Zeze parecíamos deslocados. Apesar de normalmente não me interessar por moda, fiquei intrigada com as roupas casuais sofisticadas e modelos de uniformes que nunca vira antes.

De repente, notei uma menina usando o mesmo uniforme estilo marinheira que eu. Não é um uniforme incomum, e não seria estranho que estudantes de outras escolas o usassem. Quando levantei o olhar para ver seu rosto, quase gritei de pavor. Ela também nos viu e levantou a mão.

— Oi! Que coincidência!

Naruse carregava nas costas a mochila que usa para ir à escola, e segurava uma ecobag do Ōtsu Hikaru-kun, o mascote da cidade de Ōtsu. Seu cabelo tinha crescido o suficiente para parecer apenas "muito curto" e não atraía mais o olhar das pessoas.

— Oi, Naruse!

Suda não pareceu tão surpreso quanto eu e perguntou aonde ela havia ido naquela manhã.

— Assisti a uma palestra na Faculdade de Ciências Exatas intitulada "Separação e concentração de isótopos raros usando ICP-MS – Rumo ao mundo de uma parte por trilhão".

Naruse pegou alguns materiais e ia começar a explicar, até que eu a interrompi e disse:

— Nós estamos indo almoçar.

— Você quer ir junto, Naruse?

Suda foi um estraga-prazeres. Para ele, talvez Naruse fosse uma amiga, mas para mim era alguém de quem eu não queria me aproximar. Naruse também não devia ter uma boa impressão de mim. Achei que ela recusaria, mas disse "Tá bom" e nos acompanhou.

O refeitório era do tipo cafeteria, em que você escolhe o prato principal e o acompanhamento, e paga no final. Eu peguei arroz, filé de frango empanado com queijo e tofu gelado temperado com ervas. Naruse também escolheu o filé de frango empanado com queijo como prato principal. Será que, depois de comer a mesma comida por nove anos, nossos gostos de almoço ficaram parecidos?

Suda e eu nos sentamos lado a lado na mesa, e Naruse se sentou à minha frente.

— Como você veio para cá, Naruse?

Em resposta à pergunta de Suda, ela disse que viera de ônibus durante a noite. Comentou que o assento tipo cabine era mais confortável do que imaginava. Eu respondi apenas um "Humm", mas comecei a me sentir irritada com a situação e, a partir de certo ponto, fiquei em silêncio e me concentrei na comida. Naruse também começou a explicar a palestra sobre isótopos que havia mencionado antes, e Suda assentia enquanto ouvia.

— Durante a tarde, vou dar uma volta sozinha, tá?

Afinal, Suda e Naruse provavelmente tinham mais o que conversar por serem da área de exatas.

— Certo, até mais — disse Suda tranquilamente quando me levantei.

Evitei olhar na direção de Naruse, pois provavelmente ficaria paralisada de novo caso nossos olhares se encontrassem.

Coloquei a louça no balcão de devolução e saí do refeitório. Eu havia planejado ver a Faculdade de Ciências Humanas durante a tarde, mas de repente tudo tinha perdido a graça. Quando caminhava na direção dos portões para sair da Tōdai, ouvi uma voz atrás de mim.

— Ōnuki.

Ao me virar, vi Naruse sozinha.

— Tem um lugar aonde quero ir. Não quer ir junto?

— E o Suda?

— Eu queria ir com você.

Ela estava muito confiante, como se tivesse se esquecido do que ocorrera na minha casa. Eu não trocara uma palavra com Naruse desde então. Teria sido apenas um delírio febril?

— Não precisa fazer essa cara assustadora. Ter companheiros de viagem é bom.

Ela tocou meu braço de leve e começou a andar. Saímos pelos portões, caminhamos um pouco, e entramos na estação de metrô. Estava pensando se deveria voltar, mas fui vencida pela curiosidade.

Naruse pegou o metrô com destino a Ikebukuro, e se sentou perto de um assento vazio.

— Tinha tanta gente quanto no Festival de Fogos de Artifício, não é?

As palavras de Naruse me fizeram perceber como nós duas havíamos crescido na mesma cidade.

— Onde você vai descer?

— Ikebukuro.

— O que tem lá?

— Se você for, vai entender.

Pensando que seria perda de tempo perguntar, chegamos Ikebukuro.

Não demorou muito para perceber o objetivo de Naruse. Assim que saímos das catracas, as palavras "Loja Principal Seibu Ikebukuro" chamaram a minha atenção. A familiar logo SEIBU estava espalhada por todo o lugar. O reencontro com o cenário que os residentes de Ōtsu perderam me fez cobrir a boca por cima da máscara. De fato, esse é um sentimento que não dá pra compartilhar com Suda, que crescera na cidade de Kusatsu.

— Você pode tirar uma foto?

Ao dizer isso, Naruse me entregou uma câmera digital e, de pé na entrada subterrânea, fez o sinal da paz com o rosto impassível. Todos que entravam na loja pareciam pensar "O que essas pirralhas estão fazendo?", e me apressei em apertar o botão do obturador. Como estamos em Tóquio, fiquei pensando que talvez as pessoas sejam mais formais e digam "O que essas meninas estão fazendo?", e devolvi a câmera para Naruse.

Quando entrei na loja, senti uma estranha nostalgia, apesar de ser a minha primeira vez ali. As lojas e a disposição dos produtos eram completamente diferentes da Loja Seibu Ōtsu, mas a atmosfera do lugar era a mesma. Naruse tinha lágrimas nos olhos. Queria rir do seu exagero, mas senti um aperto no peito e não consegui encontrar as palavras certas.

— Vamos para o térreo ver pelo lado de fora.

Precisei desviar das pessoas para chegar até a escada rolante. Eu me lembro da Loja Seibu Ōtsu estar sempre vazia.

Ao sair da loja, tive a sensação de ter encolhido de tamanho. A Loja Principal Seibu Ikebukuro era gigantesca, mais ou menos do tamanho de cinco lojas de departamento que eu tinha em mente. A Muji, que ficava no final do andar térreo na Loja Seibu Ōtsu, tinha um prédio apenas para ela. Havia uma placa que dizia "Estação de Ikebukuro - Saída Leste", e me perguntei que tipo de estrutura era aquela.

Naruse me pediu mais uma vez para tirar fotos, e percebi que ela havia me arrastado até ali para ser sua fotógrafa. Fiquei brava, então lhe entreguei meu celular e falei:

— Tira fotos minhas também.

A foto feita por Naruse não tinha nada de especial, além de mim e da logo SEIBU.

— A loja principal é incrível. Está mais para uma cidade do que pra uma loja de departamento.

Naruse parecia muito interessada, tirando fotos de vários ângulos.

— No futuro, eu quero construir uma loja de departamento em Ōtsu.

Seria tão mais fácil se eu conseguisse falar de objetivos, sonhos e ambições dessa forma descontraída. Acho que abrir uma loja de departamento naquela cidade decadente seria imprudente, sem dúvida, mas mesmo que eu contra-argumentasse, Naruse não mudaria de ideia.

— Por isso você quis visitar este lugar hoje? — perguntei. Cheia de si, Naruse respondeu:
— É.

No metrô de volta para a Tōdai, perguntei para Naruse por que havia raspado o cabelo. Ela tocou a cabeça, parecendo surpresa.

— Você é a primeira pessoa a perguntar. Será que é uma pergunta difícil de fazer?

— Sim, é bem difícil.

Pela sua reação, não parecia ser nada muito sério.

— Dizem que o cabelo humano cresce cerca de um centímetro por mês. Então resolvi fazer um experimento.

Fiquei em silêncio, não sabendo onde Naruse queria chegar, então ela continuou:

— Eu queria saber se eu raspasse tudo dia 1º de abril, antes do início das aulas, qual tamanho ele teria até a formatura.

Sem pensar, caí na gargalhada. Na época do ensino fundamental 1, eu via Naruse na assembleia matutina com seu cabelo liso até os ombros, e sempre a invejava, querendo ter o cabelo daquele jeito.

— Mas você não precisava raspar tudo. Por que não medir em um determinado momento e calcular o quanto cresceu?

Até mesmo eu, com o cabelo alisado, percebi a velocidade que meu cabelo natural cresce.

— Eu queria fazer medições precisas. Além disso, se eu fosse em um salão de beleza, cortariam em camadas de tamanhos diferentes. Você não tem curiosidade de saber como ficaria o cabelo se deixasse tudo crescer ao mesmo tempo?

Por um momento eu estava convencida, mas seria frustrante concordar, então apenas respondi casualmente:

— É, pois é.

— Mas estou achando o cabelo curto inesperadamente confortável, e é um saco deixar crescer — disse Naruse, pegando o cabelo no topo da cabeça.

— Já que você se deu ao trabalho de raspar, trate de fazer direito até o fim, né?

Mais uma vez, falei em um tom áspero, mas Naruse assentiu seriamente.

— Você tem razão, Ōnuki — disse ela.

— Me desculpe pelo que fiz outro dia. Você foi lá em casa e eu fiz aquilo com você.

Apesar de eu ter sido corajosa e me desculpado, Naruse mudou de assunto, dizendo:

— Do que está falando?

Achei que seria insensato insistir, então não falei mais nada. Assim que chegamos à Tōdai, Naruse falou:

— Nos vemos no segundo semestre.

E desapareceu no meio da multidão. Não sabia se ela queria entrar na Universidade de Tóquio, mas mesmo que eu tivesse perguntado, ela provavelmente me daria uma resposta que eu não entenderia.

Olhei para o celular e vi uma mensagem de Suda: "Vou para uma sessão explicativa na Faculdade de Ciências Exatas." Em seguida, respondi: "Vou assistir a uma aula experimental na Faculdade de Ciências Humanas", depois verifiquei no mapa do campus para onde deveria ir.

Agora que estou sozinha novamente, olho ao meu redor e vejo todo tipo de gente. Antes eu só tinha reparado nas pessoas populares, vestindo roupas da moda, mas também havia pessoas mais discretas, que andavam por aí com roupas casuais. Pessoas que vivem fora do meu diagrama de amizades também têm seu próprio mapa de relações. Em um mundo com tantas pessoas, a possibilidade dessas linhas se conectarem é quase um milagre.

Enquanto me dirigia para o prédio da Faculdade de Ciências Humanas, pensei em contar para Yūko o que aconteceu hoje, quando o segundo semestre começar.

Let's go, *Michigan*!

No Centro Cívico de Shiga, onde as cigarras cantavam intensamente, eu não conseguia tirar os olhos de certa jogadora.

Primeira rodada do bloco D na 45ª Competição Nacional de Karuta da Coletânea *Cem Poemas de Cem Poetas* de Ogura para Escolas de Ensino Médio. Nós, do Colégio Nishikigi, representantes da província de Hiroshima, estávamos enfrentando a equipe de Oita. Como eu estava de fora nesta rodada, observava o desenrolar da partida de um canto da sala.

Das quarenta pessoas jogando a partida, havia algo de diferente na garota que ocupava o quinto assento da Escola de Ensino Médio de Zeze, representante de Shiga. Seus movimentos eram expansivos. Acho que existe uma maneira mais eficiente de mover o braço, mas, ainda assim, sempre conseguia pegar a carta que precisava. A forma como se preparava também era única, ela mexia os braços de uma maneira que eu nunca havia visto.

Enquanto observava, pensei que seria difícil manter o ritmo com uma adversária assim e, antes que me desse conta, não conseguia tirar os olhos dela. Toda vez que pegava uma carta, sua franja, presa em um topete, balançava. Em meio ao incessante canto das cigarras, tive a impressão de ouvir o som de um sino vindo de algum lugar.

— Assim que vi a Momotani, ouvi sinos tocando.

— De novo isso?

Quantas vezes eu ouvira Yukito falar sobre histórias de amor? Antes que eu soubesse a diferença entre meninos e meninas, ele já estava interessado nessas coisas, dizendo que se casaria com a professora Rei no futuro. Quando estávamos no ensino fundamental 1, ele se apaixonou por uma estudante universitária e entrou em um clube local; quando entramos no fundamental 2, ele se inscreveu para participar da banda da escola por causa de uma veterana bonita. Quis entrar no Colégio Nishikigi por causa de uma menina do cursinho por quem se apaixonou à primeira vista. Mas de última hora, ela acabou indo para outra escola. Yukito agora procurava por um novo amor.

— Eu estava pensando em entrar no clube de *karuta* que a Momotani participa. Você não quer ir comigo, Nisshan?

— *Karuta*?

Eu sabia que existia a modalidade de *karuta* competitivo, mas nunca havia jogado. Ouvi dizer que o Colégio Nishikigi havia participado várias vezes na competição nacional como representante da província de Hiroshima.

— Eu vi algumas partidas no YouTube, e achei interessante porque não tinham caras grandes como você. Além disso, você está acostumado a competir no tatame, não é?

Acho que não tinha muito a ver, mas de fato eu lutava sobre tatame vestindo um quimono branco até o verão do ano anterior. Fui obrigado a frequentar aulas de judô quando era pequeno pelo simples fato de ter um corpo grande. Como se atendesse às expectativas das pessoas ao meu redor, eu cresci até 1,86m e pesava 100kg, mas não consegui grandes resultados. Meu irmão mais novo, que tem uma estrutura física igual à minha, é um atleta talentoso que até venceu a competição provincial, então acho que eu não levava jeito mesmo.

Abandonei o judô e pretendia começar alguma coisa nova a partir do ensino médio. Talvez por isso Yukito tenha me convidado.

No dia seguinte, visitei o clube de *karuta* com ele. Havia um total de doze estudantes do segundo e terceiro anos, todas garotas, assim como as demais visitantes do primeiro ano. Eu nunca havia tido muito contato com meninas na minha vida, então se eu estivesse sozinho ali, com certeza teria fugido.

Mesmo com o rosto escondido pela máscara, a veterana Momotani, do terceiro ano, tinha uma beleza marcante, bem parecida com as outras meninas por quem Yukito se apaixonara, e ele logo ficou encantado. Acho que ele deveria aprender com suas experiências anteriores e procurar outro tipo de garota, mas talvez ele só seja teimoso mesmo.

— Como você é grande! O que você fazia? — Uma veterana gentil de olhos caídos puxou conversa.

— Eu fazia judô quando era mais novo.

— Ah, que legal!

— Acho que você teria vantagem por ter mãos grandes.

As veteranas me rodearam e começaram a falar, animadas. Era como se eu estivesse vestindo uma fantasia de mascote. Olhei para Yukito pedindo ajuda, mas ele já estava conversando com a Momotani.

Entrei no clube de *karuta* por acaso, mas era interessante ver que, quanto mais eu praticava, melhor eu ficava. Diferente do judô, que eu treinava por hábito e não obtinha resultados.

Graças aos treinos, consegui alcançar o *dan* inicial no meu primeiro ano.

Agora, no segundo ano, nós garantimos com sucesso uma vaga no torneio nacional por equipes, e partimos para Ōtsu, a terra sagrada do *karuta*, localizada na província de Shiga.

O palco principal do torneio era o Ōmi Kangakukan, prédio localizado no Santuário Ōmi, mas apenas algumas escolas tinham a chance de disputar as eliminatórias lá. A capitã, a veterana Onoe, foi quem participou do sorteio da nossa chave, e caímos no bloco D. O local onde competiríamos seria o Centro Cívico de Shiga, a uma estação dali. Fiquei desapontado ao ver a fachada envelhecida. Não era muito diferente do centro comunitário perto da minha casa, e não pude deixar de me perguntar por que viemos de tão longe de trem-bala para ir a um local como aquele.

Porém, parecia coisa do destino ter encontrado aquela garota graças àquele lugar. Quando ela derrotou sua oponente com uma diferença de dez cartas, fiquei triste que não a veria mais se movimentando daquela forma. Após organizar as cartas que havia usado, ela endireitou a postura, sentou-se sobre os calcanhares e olhou para seus colegas de time. Ao ver isso, rapidamente olhei para o time de *karuta* do Nishikigi.

No fim das contas, nosso colégio perdeu a primeira rodada, e a Escola Zeze avançou para a segunda. A garota permaneceu impassível enquanto cumprimentava seus companheiros, depois saiu da sala.

— O que foi? Tinha alguma menina bonita? — comentou Yukito, percebendo algo enquanto eu a seguia com o olhar.

— Não, não é nada.

Neguei rapidamente, mas senti meu rosto esquentar. Sem querer, me lembrei do último poema recitado: "Tento ser discreto / mas mudo de cor / se penso no meu amor / ao me verem confuso / querem saber quem é." Achei que ele iria tirar sarro da minha cara, mas com uma expressão séria, falou:

— Se você gostou de alguma menina, tem que falar com ela.

Yukito agarrou meu braço, me arrastando para fora da sala. Depois perguntou:

— Quem é?

Rapidamente encontramos o grupo vestindo camisetas pretas com "Zeze" escrito nas costas, mas ela não estava ali.

— Parece que ela não está aqui. Preciso me preparar para a próxima partida, então vamos voltar.

Eu apenas havia achado legal a maneira como ela se movimentava; não queria falar nem ficar próximo dela. Eu não era como Yukito, que continuava jogando *karuta* mesmo após ser rejeitado pela Momotani, com a esperança de conhecer outras garotas. Queria voltar logo para o alojamento e me preparar para a partida individual de amanhã.

— Não, não, não. Isso significa que ela está sozinha, não é? Essas oportunidades só surgem uma vez na vida.

Enquanto Yukito se empolgava sem razão nenhuma, vi ao fundo que ela se aproximava. Talvez ele tenha notado a mudança na minha expressão, pois se virou para trás e disse, definido o alvo:

— É aquela ali, né?

— Olá. Sou Yukito Nakahashi, estudante do segundo ano do Colégio Nishikigi e representante da província de Hiroshima.

Fiquei atônito com a confiança de Yukito para puxar conversa. Qualquer um suspeitaria de um desconhecido que vem falar com você. Enquanto eu estava nervoso, ela relaxou a expressão e respondeu:

— Sou Akari Naruse, do segundo ano da Escola Zeze. Bem-vindo a Ōtsu.

Havia algo em seu tom de voz que a fazia parecer um aldeão de jogo de RPG. Será que ela era assim normalmente?

— Meu amigo está interessado em você, Naruse — disse Yukito, e ela me encarou.

Encolhi só de encontrar o seu olhar e tudo o que pude fazer foi me apresentar, olhando para o topete dela:

— Sou Kōichirō Nishiura, também do segundo ano do Colégio Nishikigi.

— Sei.

Naruse assentiu, ajeitando a máscara.

— Eu adoraria conversar com calma, mas infelizmente tenho uma partida. E amanhã são as partidas individuais. Estarei livre depois de amanhã... Vocês ainda estarão em Ōtsu?

Yukito e eu planejávamos voltar para Hiroshima na noite do dia seguinte. Com certeza Naruse sabia disso e estava tentando lidar com a situação de maneira educada. Fiquei aliviado que as coisas terminariam pacificamente, mas Yukito respondeu sem hesitar:

— Sim, sem problemas.

— Que bom. Venham ao porto de Ōtsu depois de amanhã, às 10h30. Vamos embarcar no *Michigan*.

— *Michigan*?

Eu mal consegui murmurar algo, pois Naruse foi chamada pelos seus companheiros de equipe:

— Narupyon!

— Desculpa. Nos vemos lá!

Ela falou, e foi embora.

— Sabe, não achei que fosse funcionar.

Yukito repetiu a frase inúmeras vezes no caminho para o Onsen Ogoto, onde estávamos hospedados. Incapaz de organizar meus pensamentos, eu apenas segurava firme com as duas mãos a barra de apoio do trem, sem saber o que fazer.

— Yukito, você estava dando em cima das meninas de novo?

— Uma menina da Escola Zeze, não é? Sobre o que vocês conversaram?

Yukito riu, falando que não havia dado em cima de ninguém.

— Não fui eu. O Nisshan que se apaixonou à primeira vista.

Parecia que não apenas as veteranas, mas todas as pessoas no mesmo vagão prestavam atenção em mim. Bati no ombro de Yukito e disse que não me apaixonei à primeira vista, mas as veteranas não acreditaram em mim, já que seus olhos brilhavam de expectativa.

— Você, Nisshan?

— E deu certo?

— Ele conseguiu um encontro pra depois de amanhã.

Eu resmunguei um "Argh!" e me agachei, pensando na situação em que me encontrava.

Reunidos no grande salão da pousada, os membros do clube de *karuta* do Colégio Nishiki estavam mais interessados em Akari Naruse do que na competição individual do dia seguinte.

— É verdade, ela tem mesmo um jeito estranho de pegar as cartas.

Graças à transmissão ao vivo da competição por equipes no YouTube, todos no clube de *karuta* descobriram quem era Naruse. Eu também assisti mais uma vez, mas a aura que ela emanava não aparecia no vídeo. Naruse era a única que emitia uma onda incomum.

— Na competição individual ela também está no nível B, mas parece que o local da partida é diferente. Que pena — disse Onoe, folheando o programa.

Como eu estou no nível D, não teria a oportunidade de competir individualmente com ela.

— Mas ela iria a um encontro com alguém que não conhece?

— Será que não é alguma brincadeira?

— O que vai ser do pobre Nisshan se ela não aparecer?

As pessoas comentavam despretensiosamente, mas eram questões que eu também estava curioso para saber.

— Akari Naruse ganhou o Prêmio da Prefeitura de Ōtsu no concurso municipal de poemas *tanka*.

— Uau, ela também participou do M-1 Grand Prix! O nome da dupla era "De Zeze".

— Ela é apaixonada pela cidade.

Procurei no meu celular, e encontrei fotos da Naruse na época do ensino fundamental 1, segurando o prêmio ao lado do prefeito de Ōtsu, e vestindo o uniforme de beisebol com sua colega. Achei Naruse mais bonita sem a máscara, e fiquei envergonhado.

— Ela parece ser uma pessoa incrível.

— Então esse é o tipo de garota que o Nisshan gosta.

— Já falei que não é questão de gostar dela.

Eu já tive interesse em certas meninas antes. Mas o normal é começar a gostar de verdade depois de conversar algumas vezes com a pessoa. Não tinha como gostar de alguém de uma hora pra outra daquele jeito.

— Aliás, a Narupyon disse para embarcarmos no *Michigan*.

Quando Yukito falou, todas se voltaram para seus celulares, como se tivessem recebido novas informações sobre Naruse.

— Não a chame de Narupyon.

Enquanto repreendia Yukito, procurei os termos "Ōtsu" e "Michigan", e encontrei um barco turístico do lago Biwa.

— Não é o tipo de lugar que se vai pra um encontro?

— Que legal, também quero ir!

— Enfim, vamos treinar para a partida de amanhã.

Peguei uma carta para tentar mudar o clima. De todas elas, a primeira que apareceu era justamente a que dizia: "Atravessando o estreito / de Yura o barqueiro / perde seu remo / perde seu rumo / como eu no amor."

Yukito e eu chegamos ao píer do *Michigan*, no porto de Ōtsu, quinze minutos antes do combinado. Eu estava nervoso em encontrar Naruse sozinho, então me agarrei à sugestão de Yukito e ele me acompanhou. As veteranas voltaram relutantes para Hiroshima, dizendo "Queríamos ver o encontro do Nisshan!".

— Seria melhor se ela não viesse.

— Não, com certeza a Narupyon vai vir.

— Que intimidade é essa com a Naruse?

Eu não trouxe nenhuma roupa elegante, então vesti a camisa branca e a calça preta do uniforme escolar. Como geralmente uso roupas esportivas, sinto que o uniforme foi uma boa escolha.

Nós passamos a noite em um hotel simples próximo do porto de Ōtsu, fizemos o check-out e fomos andando até o local. Havia muitas famílias no píer do *Michigan*. Também havia um grupo de idosos que parecia ter vindo em um ônibus turístico.

— Acho que vamos pegar o percurso de noventa minutos, que sai às 11h — falou Yukito, enquanto checava os horários no guichê de vendas de passagens.

Ele disse que havia quatro passeios diários, e um noturno nos finais de semana e feriados.

— Desculpem a demora.

Virei-me na direção da voz e vi Naruse com um vestido azul-claro e um chapéu de palha branco. Bem diferente do conjunto todo preto de camiseta e casaco esportivo, seu visual agora era bem veranil e combinava com ela.

— Tudo bem, acabamos de chegar — disse Yukito, percebendo que eu não conseguia falar nada.

— Hoje o dia está claro, perfeito para um passeio de barco.

Naruse olhou na direção do lago Biwa, estreitando o olhar.

— Ganhei dois cupons para trocar por passagens para o barco *Michigan* em um sorteio no distrito comercial. Que bom que vocês dois vieram!

Ao dizer isso, Naruse nos mostrou os dois cupons especiais.

— Hã? Nós podemos usar?

— Na Cartilha do Cidadão de Ōtsu diz: "Devemos receber os turistas com cordialidade." Para mim, é uma honra ser cordial com vocês.

Aparentemente, graças a essa cartilha, Naruse convidou dois completos estranhos. Fiquei surpreso ao ver que alguém levava aquilo a sério.

— Eu tenho desconto como residente de Ōtsu, então não se preocupem. Vou ali trocar os cupons para vocês, esperem um pouco.

Naruse foi até o guichê.

— Agora estou ansioso para embarcar no *Michigan*.

Ao olhar para Yukito, senti uma dose de nervosismo.

— Não me diga que você gosta da Naruse...

Yukito é sempre motivado por garotas. Ele pode parecer preocupado comigo, seu amigo de infância, mas é bem possível que seu verdadeiro alvo seja a Naruse.

— Não, claro que não — neguei imediatamente, o que me deixou irritado, pois parecia querer dizer que Naruse não era atraente.

— Eu vou me afastar de vocês em algum momento pra não atrapalhar. Não seria bom dividirmos o valor e pagarmos pela passagem dela?

Essa sugestão fazia sentido. Eu gostaria de ser generoso e pagar integralmente pela passagem, mas a inesperada extensão da nossa estadia aumentou as despesas. Quando Naruse voltou, ela nos entregou as passagens e um mapa do interior do barco.

— Vamos pagar a sua passagem, Naruse.

— Não, sério, não se preocupem com isso. Espero que gastem esse dinheiro aqui e comprem lembrancinhas de Ōtsu.

Sua atitude relaxada me fez suspeitar de que ela era a dona do *Michigan*.

— É mesmo, precisamos comprar lembrancinhas para as nossas veteranas — respondeu Yukito, descontraído.

Havia dois barcos ancorados na margem do lago, o *Michigan*, e outro, em que estava escrito "Uminoko".

— *Uminoko* é um barco educacional para crianças do quinto ano do ensino fundamental da província de Shiga. Aprendemos sobre os seres que habitam o lago Biwa e a qualidade da água, depois comemos *karē*, um ensopado grosso e temperado, geralmente servido com arroz.

Eu me lembrei da foto de Naruse na época do ensino fundamental 1 que vi na internet. Era estranho pensar que vivemos a mesma época, embora ela estivesse na longínqua Shiga.

Nós embarcamos no Michigan dez minutos antes do barco zarpar.

— Primeiro, vamos para o terceiro convés.

Seguimos Naruse pelas escadas. Na sala com paredes de vidro do terceiro convés havia um palco e assentos livres. O ambiente era agradável por causa do ar-condicionado.

— Hoje o dia está claro, perfeito para um passeio de barco!

Ri quando o comissário de bordo do *Michigan* falou a mesma frase que Naruse. Uma criança de cerca de 5 anos se voluntariou para subir no palco e tocou o gongo de partida.

O navio deixou o porto de Ōtsu e seguiu para o norte. Quando subimos para o quarto convés, soprava uma brisa moderada. Naruse se sentou em uma cadeira, então me posicionei ao seu lado. Yukito, talvez numa tentativa de nos deixar sozinhos, foi tirar fotos do lago Biwa e sumiu de vista.

— Gosto de relaxar aqui.

Seguindo o exemplo de Naruse, olhei para a paisagem na margem oposta. À primeira vista, o lago parecia o oceano, mas não tinha cheiro de maresia. O ar estava limpo e o navio quase não balançava.

— Você passeia muito no *Michigan*, Naruse?

— Na verdade, não. Talvez duas ou três vezes no ano.

Acho que era bastante para um ponto turístico local. Em Hiroshima também há passeios de barco, mas eu havia ido apenas uma vez com a minha família quando era pequeno.

— Não importa quantas vezes eu venha, nunca me canso. É um bom barco — disse Naruse, num tom reflexivo.

Senti que não era necessário mais palavras, então permaneci em silêncio e olhei para o céu. O silêncio entre mim e Naruse era confortável. Era muito diferente de quando estava com as garotas do clube de *karuta* do Nishikigi, que faziam alvoroço por qualquer coisa.

— Você e Nakahashi são amigos há muito tempo, Nishiura?

Fiquei surpreso por ela se lembrar dos nossos nomes e senti cócegas nas solas dos pés.

— Sim. Infelizmente, somos inseparáveis desde a pré-escola.

— Também tenho uma amiga de infância. Se eu não tivesse companhia para vir ao *Michigan*, ia chamá-la pra vir comigo.

— Ah, desculpe atrapalhar.

— Tudo bem. Posso vir com ela em qualquer momento.

Fiquei curioso para saber que tipo de pessoa essa amiga era. Será que falava do mesmo jeito que a Naruse? Queria conhecê-la.

— Desde quando você joga *karuta*, Naruse?

— Desde que entrei no ensino médio.

Naruse disse que, em três campeonatos, ela avançou direto do *dan* iniciante para o segundo *dan*, e então para o terceiro *dan*.

— Ontem foi a minha estreia no nível B, mas é realmente difícil. Para melhorar, ainda preciso pesquisar formas mais bonitas de pegar as cartas.

Naruse moveu as mãos, como se estivesse praticando.

— Qual é o seu objetivo, Naruse?

— Eu quero viver até os 200 anos.

Eu quis dizer qual era o objetivo dela em relação ao *karuta*, mas fiquei espantado ao ouvir uma meta tão grandiosa. Olhei para o seu rosto, achando que era piada, mas ela estava séria.

— Viver até os 200 anos... Parece complicado.

Achei que seria rude negar, então dei minha opinião honesta.

— Antigamente, se alguém falasse que viveria até os 100 anos, ninguém acreditaria, não é? No futuro próximo, não ficaria surpresa se as pessoas passassem a viver até os 200 anos.

Naruse explicou que, para aumentar sua expectativa de vida, ela tira um tempo para aprender habilidades de sobrevivência.

— Acho que ninguém viveu até os 200 anos até agora porque não houve alguém que quisesse viver até essa idade. Se mais pessoas almejassem viver até os 200 anos, talvez uma delas conseguisse.

De repente, percebi que gostava de Naruse. Ou seria mais correto dizer que eu admiti? Queria ficar ao lado dela e conversar mais. Queria que o *Michigan* continuasse navegando pelo lago Biwa para sempre. Pelo canto do olho, vi que Yukito estava apontando o celular para nós, mas eu não tinha tempo para prestar atenção.

— Naruse, você gosta de alguém?

Mesmo que ela não gostasse, quais seriam as minhas chances de conquistá-la? Precisava voltar para Hiroshima ainda hoje e não tenho dinheiro para vir vê-la com frequência.

— Quer dizer, você tem sentimentos por alguém?

— Não. É a primeira vez que alguém me pergunta isso — murmurou Naruse, apoiando a mão no queixo, pensando em algo. — Você está me perguntando isso porque gosta de mim, Nishiura?

Fui tão tonto que queria gritar e me atirar no lago Biwa. Deveria ter apenas falado, em vez de fazer rodeios com perguntas.

— Desculpa, pode ignorar...

— Você pode me dizer o que viu de atraente em mim em tão pouco tempo? — perguntou Naruse, olhando nos meus olhos.

— Acho que é o fato de não haver ninguém como você... — falei antes que pudesse pensar.

Eu ao menos nunca havia conhecido uma garota como a Naruse.

— Entendo.

Ela assentiu.

— Mesmo em Ōtsu não deve haver muitas pessoas como eu, mas nunca me disseram que gostavam de mim. Provavelmente, deve ter algo que te cativou, Nishiura.

Mais uma vez, o olhar de Naruse se voltou para longe. Será que eu deveria ter falado algo mais inteligente? O silêncio, que antes era confortável, agora parecia me criticar lentamente.

— Demos a volta completa, e olha só: é impressionante.

Yukito veio todo animado. Não sei se viera para me ajudar, ou se fora apenas uma coincidência.

— Preciso mostrar outros lugares para o Nishiura.

Naruse se levantou como se nada tivesse acontecido e caminhou até a escada.

Ao descermos para o primeiro convés, estávamos mais perto da superfície do lago do que eu imaginava. Não tinha percebido que estávamos avançando rápido. Quando penso em um lago, o imagino azul-claro, mas, olhando bem, vi que não era nem azul, nem verde, nem cinza.

— Dá medo, parece que vou cair — falou Yukito.

— Se por acaso você cair, pode pedir para as pessoas próximas jogarem uma boia — respondeu Naruse, apontando para a boia presa em uma grade. — Se não houver ninguém por perto, olhe para o céu sem pensar em nada e relaxe. Quando respiramos, 2% do nosso corpo flutua. Desde que seu nariz e sua boca fiquem acima da superfície, você não vai morrer. Porém, é mais difícil boiar em água doce do que na água do mar, então é preciso ter cuidado.

Quando Naruse deu esse discurso tão fervoroso, Yukito olhou para mim com desconfiança.

— Naruse está se preparando para incidentes imprevisíveis para que possa viver até os 200 anos.

— Até os 200 anos?!

Ver Yukito rindo me deu vontade de bater em sua nuca. Naruse parecia estar acostumada, já que continuou olhando para a superfície do lago sem responder.

Ao nos deslocarmos para a popa do segundo convés, vimos a grande roda de pás vermelha girando com força, lançando respingos de água. Segundo Naruse, barcos movidos por rodas de pás são raros nos dias de hoje, até mesmo no resto do mundo. A superfície do lago, agitada pela roda, se enchia de espuma branca, mas logo voltava à sua calma original depois de algum tempo. Enquanto Yukito e eu observávamos a roda de perto, Naruse ficou um pouco afastada, apenas olhando.

— O que foi?

— Se uma pessoa fica presa nisso, é morte instantânea. Por isso tento não ficar muito perto.

Até eu fiquei com medo quando ela disse isso, então também me afastei do corrimão. Yukito disse que era exagero, e pensei que ele não viveria nem até os 100 anos.

Ao final do cruzeiro, voltamos para o palco do terceiro convés, e assistimos a uma apresentação ao vivo dos Michigan Singers, que entoaram canções de musicais e de filmes da Disney.

Naruse batia palmas e mexia os ombros no ritmo. Eu também comecei a bater palmas, e me senti parte do navio. Um dos Michigan Singers disse para Naruse:

— Obrigado por nos assistir com tanto entusiasmo!

Eu tentei ao máximo acompanhar o ritmo dela.

Depois de noventa minutos de viagem, o *Michigan* ancorou no porto de Ōtsu.

— Foi muito divertido! — disse Yukito assim que descemos do navio.

Eu estava irritado por ele ter ficado no celular o tempo todo durante a apresentação musical.

— Que bom que gostou — respondeu Naruse.

Fiquei frustrado por não encontrar as palavras certas. Entreguei meu celular a Yukito e disse:

— Você pode tirar uma foto?

— Se é uma foto de recordação, pode deixar que eu tiro — disse Naruse.

Eu quase caí de joelhos. Para ela, eu e Yukito ainda éramos "viajantes".

— Não, eu quero tirar uma foto com você, Naruse.

— Ah, foi isso que você quis dizer — falou ela, tirando a máscara.

Com o *Michigan* atrás de nós, olhamos na direção de Yukito.

— Vou tirar, digam "xis"!

Peguei o celular de volta com Yukito. Na foto, eu estava com uma expressão rígida, fazendo um sinal de paz, e Naruse estava parada, com o rosto impassível.

— Com licença, vou ao banheiro.

É o tipo de coisa que se fala tão diretamente? Enquanto me perguntava isso, vi a silhueta de Naruse entrar no prédio.

— Nisshan, tá tudo bem? — perguntou Yukito, olhando para o meu rosto.

— Por quê?

— É que a Naruse não é normal, né? Tem algo estranho nela, percebi isso desde anteontem, e agora acho que ela é bem esquisitinha. Quando vocês estavam conversando, também não parecia estar indo bem...

Esse cara não entende nada. O que será que ele viu em mim desde a nossa infância? Mas sei que ele se preocupa comigo, e sou grato por ele ter ficado mais uma noite para me acompanhar. Poderia simplesmente seguir o que Yukito disse e desistir, mas se eu voltar para Hiroshima desse jeito, com certeza vou me arrepender.

— Desculpa, mas quero ficar a sós com a Naruse.

— Sério?

Yukito arregalou os olhos.

— O que você gostou nela?

— Fica na sua. Eu penso a mesma coisa toda vez que você se apaixona por alguém.

Assim que disse isso, pensei que talvez eu tivesse falado demais, mas então Yukito respondeu, com um sorriso sem graça:

— É verdade.

— Bom, vamos almoçar? — disse Naruse ao voltar do banheiro, e Yukito deu um passo à frente.

— Muito obrigado por me levar no *Michigan*. Preciso voltar cedo por causa de um compromisso, então vou embora antes.

Naruse não pareceu muito surpresa e respondeu:

— Entendi. Que pena, mas acontece. Volte mais vezes para Ōtsu.

— Com certeza.

Yukito foi embora, murmurando um "boa sorte".

Guiado por Naruse, fomos até um restaurante próximo. Achei que ficaria inseguro sem Yukito, mas minha sensação de liberdade se fortaleceu. Era como se tivesse tirado as rodinhas de apoio da bicicleta e pudesse ir para qualquer lugar.

— Se mostrarmos nossa passagem do *Michigan* aqui, ganhamos 10% de desconto. E, ainda por cima, podemos repetir o arroz *kinu-hikari*, especialidade de Shiga, à vontade.

Eu amo tanto arroz que peço uma porção extra mesmo quando como *karē* com arroz. Um restaurante em que posso repetir arroz à vontade era perfeito, parece ter sido feito para mim.

— Você também gosta de arroz, Naruse?

— Eu adoro.

A maneira de falar de Naruse era revigorante, e pensei em como seria bom se ela falasse dessa forma de mim, e não da comida.

— Eu recomendo o combo de croquete de carne bovina de Ōmi.

Apenas as palavras "combo de croquete" já me davam vontade de comer uma tigela inteira de arroz. Era a refeição perfeita: arroz, vegetais em conserva, *misoshiru*, croquete, omelete e raiz de bardana refogada.

— Que pena que o Nakahashi não pode vir também.

O croquete de carne de Ōmi estava tão bom que me senti culpado por ter mandado Yukito embora. Crocante por fora e macio por dentro, era uma combinação excelente. Eu estava com fome mais cedo, por isso fiquei irritado. Espero que ele também esteja comendo algo gostoso.

No fim das contas, quando saímos do restaurante, eu tinha devorado quatro tigelas grandes de arroz, e Naruse, duas.

— Você gosta de caminhar?

Nunca pensei se gostava ou não, mas com certeza não era algo de que desgostava.

— Não me importo.

— Então vamos dar uma caminhada?

Ao longo do lago Biwa há um calçadão onde as pessoas costumam caminhar.

— Naruse, onde você mora em Ōtsu?

— É mais ou menos a um quilômetro daqui em linha reta. Já que estamos aqui, quer passar lá?

— O quê?!

Eu estava curioso para saber onde Naruse morava, mas também queria lhe dizer para não levar para casa garotos que acabou de conhecer.

— Não precisa, vamos deixar pra lá.

— Bom, realmente é um grande desvio.

Não entendi bem, mas ela pareceu aceitar.

— Que legal que o Santuário de Ōmi fica perto.

— Sim. Quando eu era pequena até fazíamos excursões de trem pela linha Ishizaka para vir colher nozes.

Um grupo de garotos do ensino médio vinha na nossa direção, animados e rindo muito. Como será que eu e Naruse parecemos para outras pessoas? Apesar de não ser algo com que geralmente me preocuparia, fiquei nervoso quando eles passaram por nós.

Para começo de conversa, o que ela acha de mim? Estou com medo de que minha declaração não tenha sido tão clara. Enquanto caminhávamos, Naruse apresentava curiosidades sobre o lago Biwa, como "De acordo com o Código das Águas, o lago Biwa é um lago de primeira classe", ou "O ponto mais fundo do lago Biwa tem 104 metros de profundidade". Será que, para ela, eu não passo de um simples turista?

Enquanto me atormentava pela angústia, Naruse parou de repente.

— Você parece incomodado.

Surpreso, achei que ela tinha lido meus pensamentos, mas o olhar de Naruse estava voltado para um homem de terno, sentado na beira do lago, abraçando as pernas e olhando para o horizonte.

— É melhor ficar de olho naquele homem para que ele não pule.

— Mas assim, à luz do dia?

— Pessoas que querem pular vão pular, mesmo que seja de dia.

Enquanto murmurávamos, o homem subitamente se levantou. Pensando agora, ele se comportava de modo estranho e parecia instável.

— Droga. Vamos pará-lo, Nishiura.

Antes que eu conseguisse falar qualquer coisa, Naruse saiu correndo. Ela era mais rápida do que eu imaginava. Eu a segui em disparada.

— Espere, não se precipite!

Enquanto o homem estava distraído com Naruse, agarrei seu corpo e o arrastei para longe da beira do lago.

— Espe... O... O que está fazendo?!

— Você estava prestes a pular no lago Biwa, não é?

— Claro que não!

Intimidado pelos gritos, soltei o homem.

— Você parecia tão preocupado que achei que ia pular. Me desculpe.

O homem arrumou o terno, parecendo mal-humorado. Embora o cabelo no topo da cabeça estivesse ralo, ele parecia ter no máximo 40 anos. Mesmo controlando minha força, se algo tivesse acontecido teria sido um problema.

— Vi que não ia conseguir morrer aqui, então desisti.

Ao ouvir as palavras do homem mal-humorado, sem querer soltei um "Sério?!".

— Que bom que mudou de ideia.

Naruse assentiu vigorosamente, parecendo emocionada.

— Quem são vocês?

— Eu sou Akari Naruse, estudante do segundo ano do ensino médio da Escola Zeze. Eu que disse que você iria pular, então ele não tem culpa de nada.

— Como eu poderia ficar calmo ao ser agarrado por um cara grandalhão assim?!

— Era uma emergência, não podíamos hesitar — retrucou Naruse com firmeza.

— Se você tentasse se matar aqui, seu corpo seria pego pelas pás do *Michigan*, causando um acidente. É melhor não fazer isso.

Vi o *Michigan* navegando na direção que Naruse apontou.

— Quanta bobagem. O que é que você sabe?

Seria difícil ele cometer suicídio sendo tão enérgico assim, mas não sabemos o que se passa na mente das pessoas.

— De fato, não tenho muita experiência de vida e não sei dos seus sofrimentos. Mas acho que é um desperdício se suicidar.

Naruse continuava a persuadi-lo sem pestanejar. Como ela consegue ter tanta confiança? Se o homem viesse para cima dela, eu deveria impedir, mas também sentia medo. Apenas rezo para que ela não o provoque ainda mais.

— Pode ser que você se torne a primeira pessoa a viver até os 200 anos, mas se morrer aqui, esse recorde nunca será alcançado, não é?

— Até os 200 anos? Isso é impossível!

— Não sabemos o que pode acontecer no futuro. Você previu o adiamento das Olimpíadas de 2020 em Tóquio?

— Você só sabe falar besteira!

— Está tudo bem?

Uma dupla de policiais veio correndo até nós. Quando me dei conta, alguns pedestres estavam nos observando de longe.

— Recebemos uma denúncia de pessoas discutindo.

— Nós viemos falar com esse homem porque ele estava planejando se suicidar — contou Naruse, apontando para o homem de terno.

— Isso mesmo. Ele parecia muito preocupado, então ouvimos o que ele tinha para dizer.

Tentei ajudar, explicando melhor a situação. O homem abriu e fechou a boca querendo falar, mas as palavras não saíram. Estranhamente, consigo entender essa sensação.

— Estava pensando justamente que uma pessoa jovem como eu não conseguiria lidar com essa situação. Então peço a ajuda de vocês.

Naruse fez uma reverência educada. Um dos policiais, talvez notando a confusão do homem, falou com ele gentilmente e o levou embora.

— Qual é o seu nome? — perguntou o outro policial a Naruse.

— Eu me chamo Akari Naruse, estudante do segundo ano da Escola Zeze. Este é Nishiura, ele veio de Hiroshima. Eu o envolvi nisso, então a responsabilidade é toda minha.

Depois de responder a algumas perguntas, fomos liberados e voltamos para o nosso passeio.

— Foi graças a sua ajuda, Nishiura.

— Eu fiquei só assistindo.

Na verdade, eu estava com medo, mas não podia falar isso para Naruse.

— Não, foi muito encorajador. Pensei que, se algo acontecesse, você conseguiria dominá-lo na força.

Parece que fui promovido de turista a guarda-costas. Valeu a pena comer tanto quando era pequeno e ficar enorme.

— Estou pensando nisso há algum tempo, mas não posso corresponder aos seus sentimentos, Nishiura. Agora estou ocupada com as minhas coisas, e quero deixar o romance para a segunda metade da minha vida.

Sem pensar, caí na gargalhada. Isso significa que eu teria que esperar mais de oitenta anos. Mas fiquei feliz por Naruse ter considerado a questão e me dado uma resposta.

— Depois de ver aquele bate-boca, passei a gostar de você ainda mais.

Ela é imprudente, mas legal, e não consigo tirar os olhos dela. Acho que devem haver pessoas próximas que gostam dela, mas que não conseguem lhe dizer diretamente.

— Mesmo? — Naruse levantou a voz, espantada. — Quando faço esse tipo de coisa, geralmente as pessoas tentam me impedir por ser perigoso.

Isso quer dizer que há precedentes? Ela parecia já ter lidado com a polícia antes, então fazia sentido.

— Sempre achei que amor fosse algo que acontecia com outras pessoas, então é estranho quando alguém diz que gosta de mim.

Era fofo ver Naruse desviando o olhar, tímida, e fiquei feliz em conseguir dizer o que sentia.

Quando chegamos às catracas da estação Zeze, fui envolvido pela tristeza de que a viagem tinha chegado ao fim, mas ao mesmo tempo fiquei aliviado que a tensão logo se dissiparia.

— Naruse, você pode me dar o seu contato?

Não sabia qual era o melhor momento para pedir, mas eu já havia chegado até aqui. Minhas mãos tremiam ao segurar o celular, não sabendo o que fazer caso ela recusasse.

— Claro, sem problemas.

Meu alívio durou pouco tempo, pois Naruse pegou um bloco de notas, escreveu alguma coisa e me entregou um papel.

— Eu não tenho celular.

Não consegui acreditar no que ouvi. De fato, não vi Naruse mexendo no celular nenhuma vez. Mas como ela conseguia viver sem um? No papel havia seu nome, endereço e número de telefone fixo, com uma caligrafia tão caprichada que parecia impressa.

— Você... Não tem celular?

Eu estava tão chocado que repeti as palavras de Naruse.

— Bom, sinta-se à vontade para me ligar.

Eu nunca havia ligado para um telefone fixo, mesmo sendo para a casa de um amigo. Eu sabia que talvez não fosse capaz de ligar, mas dobrei o papel e o coloquei no bolso da camisa, para não perder o valioso contato de Naruse.

— Obrigado por hoje. Foi divertido.

— Fico feliz em ouvir isso.

Naruse estendeu o braço, como se estivesse pedindo um aperto de mãos. Eu limpei o suor das minhas mãos na calça e, com cuidado, envolvi sua mão com as minhas. As mãos das outras pessoas já me pareciam pequenas, mas a de Naruse era ainda menor do que esperava, dando uma sensação de fragilidade.

Relutantemente, me despedi e fui para a plataforma. Dali eu pegaria o trem local para a estação de Quioto, faria a baldeação para o trem-bala e chegaria em Hiroshima em duas horas. Será que eu conseguiria vir para Ōtsu no ano seguinte? Enquanto estava imerso em meus pensamentos, alguém bateu em minhas costas, e achei que teria um infarto.

— Bom trabalho!

Quem apareceu foi Yukito.

— Você ficou me seguindo esse tempo todo?

— Sim. Todo mundo estava preocupado com você, então eu fiz atualizações em tempo real. Não sabia o que podia acontecer quando a polícia chegou, mas depois tudo pareceu correr bem entre vocês.

Eu nem tinha mais vontade de ficar bravo. Provavelmente vão tirar sarro de mim por algum tempo quando eu for para o clube. Mesmo assim, não estava arrependido das coisas que fiz hoje. Para me certificar de que o papel com o contato de Naruse ainda estava lá, encostei a mão no bolso da camisa.

— Vocês trocaram telefone?

— A Naruse não tem celular.

— O quê?!

Subitamente, Yukito fez uma cara de compaixão e tocou meu ombro.

— Até parece que uma garota do ensino médio não tem celular nos dias de hoje. Esquece a Naruse, vamos procurar um novo amor pra você.

Yukito e eu embarcamos no trem com destino a Quioto e procuramos por assentos vazios.

— Eu sei como você está se sentindo, já passei por isso várias vezes. Talvez seja doloroso agora, então pode conversar comigo.

Ignorei Yukito enquanto ele continuava falando e fechei os olhos. A imagem do lago Biwa visto do *Michigan* me veio à mente. Decidi que escreveria uma carta de agradecimento à Naruse quando chegasse em Hiroshima.

Festival de Verão de Tokimeki

A manhã de Akari Naruse começa cedo. Ela acorda às 4h59m58s, desliga o despertador que tocará dois segundos depois e se levanta. Troca seu pijama 100% algodão por roupas de ginástica, prende o cabelo, lava o rosto e escova os dentes silenciosamente para não acordar os pais, passa protetor solar e sai de casa.

Como a previsão do tempo dissera, o dia seria quente e o sol já estava forte. Estava tão quente que seu cabelo parecia absorver o calor dos raios solares. Dois anos e quatro meses haviam se passado desde que raspara o cabelo ao entrar no ensino médio, e ele crescera até um pouco abaixo dos ombros. Era um experimento para ver o que aconteceria com seu cabelo enquanto crescia. Porém, deixar todos os fios crescerem a partir do mesmo comprimento foi mais complicado do que o esperado, e ela compreendeu a grandeza dos cabeleireiros.

Ela queria cortar assim que possível, mas sua colega de turma Kaede Ōnuki lhe disse para continuar o experimento até o final. Se não fosse por ela, Naruse teria desistido, por isso era grata à colega.

Ao chegar às margens do lago Biwa, Naruse vê seus companheiros matutinos caminhando e correndo. Ela dizia "Bom dia!" em voz alta para as pessoas com quem cruzava. Algumas ignoravam, mas a maioria respondia. Cumprimentar as pessoas ajuda na prevenção de crimes.

Depois de se aquecer, ela corre dois quilômetros até o porto de Ōtsu. Naruse prefere o calor do verão ao frio do inverno. Ela se sentia satisfeita por ser mais fácil movimentar o corpo e por transpirar bastante. Porém, nos últimos anos, as ondas de calor estavam ficando cada vez mais intensas. Preocupada com a possibilidade de ter insolação às 7h, começou a vir um pouco mais cedo, e julgou que às 5h era o melhor horário.

Após terminar a corrida de quatro quilômetros de ida e volta, ela retornou para casa e tomou um banho. Era tarefa de Naruse botar a roupa para lavar. Ligou a máquina, levantou a tampa do sabão até a altura dos olhos e mediu a quantidade com precisão, se certificando de que o líquido alcançou a linha do medidor.

Nesse meio-tempo, seus pais acordaram, e os três tomaram café da manhã enquanto assistiam ao noticiário na televisão. Todas as manhãs, Naruse frita presunto com ovo. Ela pega uma porção de arroz com a colher que ganhou de Kōichirō Nishiura como lembrança de Hiroshima, coloca o presunto com ovo por cima e despeja uma gota de shoyu para finalizar. Em seguida, leva rapidamente à mesa e come enquanto ainda está quente.

— Eu tenho uma reunião hoje às 17h na escola sobre o Festival de Verão de Tokimeki. Depois vou comer fora, então não precisa se preocupar com a minha janta — comunicou Naruse à mãe, e foi para o quarto.

O verão é uma época crucial para o vestibular. Depois que saiu do grupo de *karuta*, ela passou a se dedicar completamente aos estudos para ser aprovada nas provas. Sua primeira opção era a Universidade de Quioto, uma das mais prestigiadas do país. Seu professor dizia que, se continuasse estudando, não teria problemas em passar. Apesar de falar com severidade para a turma que "não deviam baixar a guarda no vestibular", ele parecia confiar em Naruse.

Todo dia ela resolve um conjunto de questões, seguindo o cronograma que criou. Naruse ia igualmente bem em todas as disciplinas, então não entendia o conceito de disciplina favorita. Se precisasse escolher, diria que gosta de matemática, pois as respostas são objetivas.

Ficar sentada por muito tempo é prejudicial para o corpo, então ela faz flexões, abdominais e agachamentos de hora em hora para treinar os músculos. Era necessário disposição física para enfrentar o vestibular.

Depois de se exercitar, ela olha para um pôster colado na parede a fim de treinar os olhos. Para viver até os 200 anos, precisava cuidar dos recursos que lhe foram dados. Após cada refeição, escova direitinho os dentes e toma uma pastilha de xilitol. Graças a isso, não desenvolveu nenhuma cárie.

Ela retomou os estudos após a pausa do almoço e saiu de casa quinze minutos antes do horário da reunião.

No caminho para a Escola de Ensino Fundamental 1 Tokimeki, Naruse passou pelo local onde costumava ser a Loja Seibu Ōtsu. O Lakefront Ōtsu Nionohama Memorial Premier Residence, um condomínio de quinze andares, fora concluído na primavera, e os moradores começaram a se mudar em junho.

Imediatamente após a conclusão da competição, Naruse queria visitar o prédio e conhecer seu interior, mas sabia que os corretores não levariam a sério se uma garota do ensino médio fosse sozinha, então pediu aos pais para irem com ela. A mãe hesitou, dizendo que se sentiria desconfortável se os vendedores fossem insistentes. Já o pai se mostrou entusiasmado e agendou uma data para visitarem um dos apartamentos.

O apartamento ficava no 11º andar. A Loja Seibu Ōtsu tinha seis andares, então aquele espaço não costumava existir. Ao entrar, Naruse sentiu como se estivesse flutuando sobre o ar acima da Seibu.

Da janela voltada para o sul, a paisagem que se estendia era a mesma que se via do terraço da Loja Seibu Ōtsu. Como o apartamento era construído com o lago Biwa às suas costas, a vista dava para as montanhas. Era parecida com a vista da casa de Naruse. Embora esperasse sentir alguma nostalgia com os vestígios da antiga Seibu, não foi isso que aconteceu. Pelo contrário, seu pai é quem estava se divertindo, controlando os eletrodomésticos por comando de voz.

— Ah, um apartamento novo seria muito bom.

Ao voltarem para casa, o pai mostrou o panfleto para a mãe dela e lhe explicou diversas coisas. O prédio onde Naruse mora tem vinte anos. E a garota mora lá desde que nasceu, então não tinha a impressão de que era antigo, mas, comparado a prédios mais novos, era bastante sem graça. Mas os três sabiam que não fazia sentido se mudar para um lugar que ficava a apenas cinco minutos de distância.

— Se for para mudar, é melhor irmos para um lugar mais conveniente.

A mãe já falara que escolhera o prédio onde moravam por ser perto da Seibu. Agora que a loja não existia mais, ela não tinha motivos para ficar. Para Naruse, seria melhor morar em algum lugar próximo de uma estação em que passasse o trem expresso, já que ele não parava na estação Zeze.

Porém, ela relutava em sair de Tokimeki, onde mora desde pequena. Ainda mais agora, que integrava o comitê do Festival de Verão de Tokimeki.

O festival é um evento local que ocorre todos os anos no segundo sábado de agosto na quadra da Escola de Ensino Fundamental 1 Tokimeki. A Associação de Pais e Mestres e a Associação da Vizinhança organizam as barracas, e os moradores animam o evento, que conta também com shows e sorteios. O festival aconteceria em uma semana, e hoje era o dia da reunião geral.

Quando Naruse esperava abrir o semáforo para pedestres no cruzamento em frente ao Lakefront Ōtsu Nionohama Memorial Premier Residence, Shimazaki veio em sua direção. Ao ver o corte bob arredondado da amiga, Naruse se perguntou como era feito para o cabelo ficar com aquele formato.

— Hoje também está quente, né?

Shimazaki também fazia parte do comitê. Quando estavam no primeiro ano do ensino médio, elas foram recrutadas por Masaru Yoshimine, chefe do comitê, enquanto ensaiavam *manzai* no Parque Banba.

— Quando fiquei sabendo sobre a dupla De Zeze, achei que seria perfeita para o Festival de Verão de Tokimeki. Vocês não gostariam de ser as apresentadoras? Nós escrevemos o roteiro, e se estiverem muito ocupadas para vir às reuniões, não precisam participar. O que vocês estiverem dispostas a fazer está ótimo.

Naruse já tinha ouvido falar sobre o Escritório de Advocacia Masaru Yoshimine, mas foi a primeira vez que encontrou Masaru pessoalmente. Apesar de ele ser da mesma geração que os pais dela, tinha um rosto jovial, e os óculos que usava o faziam parecer um estudante do ensino médio. Naruse achava importante interagir com residentes locais, então concordou prontamente. Shimazaki poderia ter recusado, mas já que Naruse participaria, resolveu ir junto.

Ao aceitar apresentar o festival, Naruse fez um pedido a Yoshimine:

— Se for possível, você pode providenciar um figurino para usarmos como apresentadoras?

Elas poderiam apenas vestir camisetas iguais ou algo do tipo. Quando subiam no palco como De Zeze, geralmente vestiam o uniforme do Seibu Lions, mas se sentiam mal pelo time de beisebol, pois não eram tão fãs.

Ao explicar a situação, Yoshimine encomendou um uniforme exclusivo com apoio da Yamada Sports, loja do Centro Comercial de Tokimeki. A cor base era azul, por causa do lago Biwa, e as letras eram brancas. No peito, estava escrito DE ZEZE; nas costas de uma peça foi estampado o número 1 e NARUSE, e, na outra, o número 3 e SHIMAZAKI. Nas mangas, havia os nomes dos patrocinadores, "Centro Comercial de Tokimeki", "Yamada Sports" e "Escritório de Advocacia Masaru Yoshimine".

Dois anos antes, quando foram apresentadoras pela primeira vez e vestiram o novo uniforme, o evento terminou sem incidentes. Naruse, como sempre, não ficou nervosa, e Shimazaki também mostrou sua coragem no palco e se apresentou maravilhosamente bem.

Os uniformes que ganharam foram usados na primeira rodada do M-1 Grand Prix daquele ano. O site oficial da competição continha fotos de todos os participantes, inclusive da De Zeze com os uniformes exclusivos. Apesar de não ser possível ler os nomes dos patrocinadores, os lojistas do Centro Comercial ficaram felizes com a divulgação do comércio de Tokimeki.

Assim, a dupla De Zeze se consolidou como apresentadora do Festival de Verão de Tokimeki, e completava seu terceiro ano na função.

— Naruse e Shimazaki, obrigado por terem vindo.

Yoshimine as chamou assim que as duas entraram na sala de reuniões da escola. Algumas pessoas já haviam tomado seus assentos nas mesas dispostas em um quadrado, enquanto Keita Inae, um dos membros do comitê, distribuía garrafas de chá e folhetos com informações sobre o evento com uma expressão impassível.

Aparentemente, Yoshimine e Inae eram amigos de infância. Quando Shimazaki perguntou se eles já haviam feito *manzai* juntos, Yoshimine respondeu, rindo:

— A ideia nunca nos passou pela cabeça.

— Akari, você saiu no *Diário de Ōmi* outro dia! — comentou a senhora do bar *izakaya* que chegara mais cedo.

Há pouco tempo, o grupo de *karuta* da Escola de Ensino Médio de Zeze havia aparecido no jornal, e Naruse, listada como capitã, estava no centro da foto em grupo.

— Ah, a senhora viu? Obrigada.

Naruse estava prestes a encerrar a conversa, mas Shimazaki continuou:

— Impressionante, não é? Naruse sai no jornal toda hora.

A amiga era bastante comunicativa e sempre elogiava Naruse, chamando-a de incrível, mas Shimazaki é quem era incrível.

Ao dar o horário marcado, Yoshimine se levantou.

— A partir de agora daremos início à reunião geral do Festival de Verão de Tokimeki.

Ao longo da reunião, organizaram a programação do festival. A dupla De Zeze era responsável pelo andamento das apresentações e ambas ficariam na barraca da organização quando não estivessem no palco. A primeira parte seria uma apresentação livre de canções entoadas por alunos da pré-escola e danças de alunos do ensino fundamental 1; a segunda parte seria a premiação do concurso de desenhos; a terceira seria o tão esperado sorteio; e ao final todos dançariam ao som de "Gōshū Ondo", uma canção folclórica originada em Shiga, na quadra da escola, como nos anos anteriores.

Depois da reunião que durou cerca de uma hora, Naruse e Shimazaki foram ao restaurante Bikkuri Donkey. Era sábado à noite e o local estava cheio de famílias com crianças. Naruse pediu o tradicional da casa, o Cheeseburger Dish, um hambúrguer coberto com queijo e acompanhado de arroz e salada, além de uma pequena taça de sorvete, enquanto Shimazaki pediu Loco Moco Havaiano e um parfait de pêssego.

— Faz tempo que a gente não se encontra.

— É que eu estava ocupada com o *karuta*.

Durante o ensino fundamental 2 elas iam e voltavam da escola juntas e se encontravam todos os dias, mas agora que frequentavam escolas diferentes, às vezes ficavam sem se ver por um mês. Hoje, Shimazaki convidou Naruse para jantar após a reunião.

— Já começaram as preliminares do M-1 desse ano. Quando vejo que os vídeos foram publicados no YouTube, não resisto e assisto.

Elas haviam participado do M-1 Grand Prix quatro vezes no passado, e em todas foram reprovadas na primeira rodada. Sentiam que as risadas da plateia aumentavam a cada ano, mas não conseguiam alcançar a nota de aprovação. Após o resultado no ano anterior, Naruse sugeriu que elas deveriam parar por um tempo, e Shimazaki concordou.

— Pensando agora, foi incrível estarmos na mesma sala de espera que a Aurora Sauce.

— Realmente, foi uma experiência e tanto.

Na primeira vez que participaram da competição, ficaram no mesmo grupo que a dupla de comediantes profissionais Aurora Sauce, que vem crescendo aos poucos na carreira. No ano anterior, chegaram até as semifinais do M-1 Grand Prix e ainda participaram da repescagem. Desde abril deste ano, a dupla tem um programa próprio na madrugada do canal MBS TV, chamado "Aurora Sauce DE Mariage". Naruse nunca assistiu, pois dorme todos os dias às 21h, mas via as propagandas com frequência. Aparentemente, o programa consiste em bater papo com convidados enquanto visitam restaurantes famosos de várias partes da região de Kansai e experimentam pratos típicos e menus acompanhados de molho aurora, que dá nome à dupla.

Enquanto conversavam sobre o M-1 Grand Prix, a comida foi servida. Desde pequena, Naruse sempre pede o Cheeseburger Dish. Enquanto via Shimazaki comer o Loco Moco, ela pensou que talvez pudesse pedir algo assim de vez em quando.

A revelação veio quando Naruse pegou uma bolinha de *mochi* do fundo da taça de sorvete e a colocou na boca.

— Eu vou me mudar para Tóquio.

Shimazaki falou sem nenhuma hesitação enquanto comia seu parfait, e Naruse achou que entendera errado. Ela queria responder imediatamente, mas não queria se engasgar com a bolinha de *mochi*, então mastigou lentamente.

— Será que também tem Bikkuri Donkey em Tóquio?

As palavras de Shimazaki confirmaram que ela não ouvira errado.

— Por que você estava escondendo um segredo tão importante?

Naruse engoliu a bolinha de *mochi* e disse a primeira coisa que lhe veio à cabeça. Ela se arrependeu, pois a declaração poderia levar a mal-entendidos, mas era tarde demais. Aborrecida, Shimazaki disse que não estava escondendo, pois também havia descoberto a notícia fazia pouco tempo.

— Não é isso. Não estou te culpando por esconder. Quis dizer que é impressionante como você agiu normalmente desde que nos encontramos mais cedo.

Shimazaki não demonstrava nada de diferente quando se encontraram na frente da faixa de pedestres, e não pareceu abalada.

— Não vou me mudar agora, então até pensei que não precisava te contar hoje. A filial da empresa onde meu pai trabalha fechou, e ele será transferido para Tóquio.

Por ora, o pai trabalharia longe da família, mas como a mãe adora a cidade grande, estava feliz com a possibilidade de morar em Tóquio, e aparentemente eles se organizaram para que a mudança coincidisse com a ida de Shimazaki para a universidade.

— Meu pai disse que eu poderia fazer faculdade aqui se quisesse e que poderia morar sozinha. Mas acho que seria mais fácil ficar com meus pais, e eu também gostaria de morar em Tóquio.

Shimazaki havia falado que gostaria de ir para alguma universidade em Shiga ou em Quioto, perto da casa dos pais. Se a família se mudasse, era óbvio que ela também escolheria outra universidade. O maior motivo para Naruse escolher a Universidade de Quioto em vez da Universidade de Tóquio foi por ser próxima de casa, então ela entendia o raciocínio de Shimazaki.

Naruse encarava o copo de água, calada. Ela focou seu olhar para tentar movê-lo com telecinese, mas a superfície da água não se mexeu.

— É você, Miyu-Miyu?

O silêncio foi quebrado por um grupo de garotas indo em direção a uma mesa próxima. Todas as cinco vestiam roupas casuais e Naruse não fazia ideia de quem eram.

— Você disse que tinha reunião hoje, não é? Já acabou?

Uma garota com coque se aproximou e falou com Shimazaki.

— Sim. Quando acabou, viemos jantar.

Shimazaki provavelmente também não iria mais falar com essas garotas a partir da próxima primavera. Não seria justo monopolizar a amiga.

— Tô indo embora. Fique à vontade.

Naruse tirou da carteira a quantia exata da conta, colocou na mesa e se levantou. Shimazaki tinha uma expressão de desculpas no rosto, mas quando Naruse assentiu silenciosamente, ela acenou com a mão e disse:

— Tá bem. Até mais.

O Bikkuri Donkey fica a três minutos de caminhada do prédio de Naruse, mas como já era noite ela caminhou o mais rápido possível. Correu para casa e entrou direto no banheiro para se afundar na banheira.

É comum que colegas se separem quando vão para a faculdade. Alguns colegas de Naruse escolheram universidades fora de Kansai e disseram que estavam ansiosos para morar sozinhos. Porém, ela sempre acreditou que Shimazaki estaria por perto; sempre acreditou que, enquanto os pais de ambas morassem no mesmo condomínio, ela e Shimazaki continuariam conectadas, mesmo morando longe uma da outra.

Outra descoberta de Naruse foi que fazer parte da dupla De Zeze afetava as amizades de Shimazaki. Pelo que vira hoje, Shimazaki priorizara a reunião do Festival de Verão de Tokimeki ao passeio com as amigas. Talvez ela estivesse sacrificando sua vida para passar tempo com Naruse.

Mesmo bebendo leite após o banho, não se sentiu revigorada. A mãe estava sentada na mesa de jantar, mexendo no celular.

— Parece que Shimazaki vai se mudar para Tóquio.

— Hã?! Quando? Por quê?

— O pai dela vai ser transferido. E ela vai para Tóquio com a família quando entrar na universidade.

A explicação foi surpreendentemente curta e parecia dissonante com o que Naruse estava sentindo.

— Vai ser solitário quando ela for — disse a mãe, parecendo preocupada.

As garotas se conheceram em dezembro de 2006. Naruse tinha 7 meses, e a mãe a levava no carrinho a caminho da Seibu quando encontrou por acaso a família Shimazaki na entrada do prédio. Shimazaki, nos braços do pai, acabara de receber alta da maternidade e dormia envolta em um cobertor amarelo, usando um gorro branco.

Naruse lavou o copo que usou, colocou no escorredor de louça, escovou os dentes e voltou para o quarto. De fato, seria solitário, mas essa palavra não descrevia o que estava sentindo. Ela geralmente adormecia às 21h, mas nessa noite não conseguiu pegar no sono.

Na manhã seguinte, Naruse acordou com o alarme do despertador. Foram dois segundos a mais que o normal. A partir daí, como uma rachadura que começa a aumentar, ela não conseguiu realizar suas tarefas no mesmo ritmo de sempre. Não conseguiu correr como de costume e foi ignorada pelas pessoas quando as cumprimentou. Derramou o sabão ao lavar as roupas e queimou seu presunto com ovo.

O mais problemático foi não conseguir resolver as questões de matemática. Geralmente, ela sabia a resposta assim que via a pergunta, mas agora não conseguia nem segurar a lapiseira para escrever. Testou as fórmulas que estavam nas questões, mas não sentia que encontraria a resposta. Era algo comum para estudantes que tinham dificuldade com matemática, mas era a primeira vez que Naruse sentia isso. Faz sentido, é óbvio que isso tira a vontade de qualquer um de estudar.

Naruse pousou a lapiseira na mesa, colocou as mãos na nuca e olhou para o teto. Tentou recitar as tabuadas e conseguiu dizê-las até o fim. A fórmula de Bhaskara e os teoremas de adição também saíram com facilidade. Ao recuperar o ânimo, ela se voltou para as questões de vestibular, mas, como esperado, suas mãos continuavam imóveis.

Só de ouvir que Shimazaki se mudaria ficou muito mal. Agora ela percebia quão precário era o equilíbrio que sustentava sua rotina, até então seguida como se fosse algo natural.

Seu caderno estava cheio de fórmulas matemáticas escritas com uma letra familiar. Até ontem, ela não sabia que Shimazaki iria para Tóquio. Para começo de conversa, ela não estava nem mesmo pensando na amiga.

Naruse também não sentia a mesma facilidade em outras disciplinas. Desistiu de estudar e tentou praticar suas habilidades especiais no *kendama*, mas não conseguiu nem fazer a bola parar. Tentou se deitar na cama, pensando que talvez fosse culpa da insônia, mas sua mente estava tão tumultuada que não conseguia dormir.

O relógio indicava 10h. Geralmente, ela estaria resolvendo questões tranquilamente. Estava se sentindo desconfortável em casa, então decidiu sair.

Crianças de chapéu brincavam no playground do Parque Banba. Hoje estava nublado e não tão quente. Naruse se sentou em um balanço vazio e tomou impulso com toda a sua força.

Ao ouvir as vozes animadas das crianças, Naruse se lembrou da infância. Ela foi a mais rápida a alcançar o topo do grande brinquedo em formato de montanha. Quando desceu do escorregador, Shimazaki veio até ela com o cabelo preso em maria-chiquinha e lhe disse:

— Você é incrível, Akari!

Pensar em Shimazaki a deixou sentimental. Quando desceu do balanço e saiu do parque, viu Ōnuki caminhando em sua direção, carregando uma ecobag.

— Oi, Ōnuki.

Ela lhe lançou um olhar irritado que parecia dizer "O que foi?". Aparentemente, Ōnuki não gostava dela; porém, Naruse não desgostava da colega, então não fazia sentido ter receio.

— Eu estava incomodada por não conseguir resolver questões de matemática. Você não tem um bom método para lidar com isso?

Essa era uma situação urgente para Naruse. Como Ōnuki se dedicava muito aos estudos, talvez soubesse uma boa solução.

— Como assim?

— Mesmo vendo as questões do vestibular da Universidade de Quioto, não consigo pensar na resposta.

Ōnuki soltou um suspiro, exasperada.

— E se você tentar fazer as questões de exemplo do livro didático?

Foi uma resposta inesperada. Ela tinha finalizado o conteúdo do livro didático há muito tempo. Como as aulas eram focadas principalmente na prática de exercícios, Naruse já nem se lembrava da capa. Enquanto tentava lembrar onde havia guardado o livro, Ōnuki acrescentou:

— Aliás, não é melhor você cortar o cabelo?

— Mas você mesma havia me falado para eu não cortar.

— Naquela época era o que eu achava, mas está estranho agora...

Realmente, Ōnuki tinha algo de diferente. Apenas ela lhe falaria algo assim na cara.

— Qual salão de beleza você frequenta?

Ela mudara o visual ao entrar no ensino médio. No ensino fundamental, usava o cabelo preso em um rabo de cavalo encaracolado, mas agora estava bem liso e solto. Provavelmente fora em um bom cabeleireiro.

— Tanto faz onde. Por que você não corta ali no Plage?

Ōnuki disparou a frase e foi embora rapidamente.

Cortar o cabelo e mudar de ares poderia ajudá-la a avançar nos estudos. Naruse entrou no Plage, a um minuto de caminhada do Parque Banba. No salão havia mais de dez lugares, e mais pessoas do que ela imaginava. Sem saber direito o que fazer, ela ficou parada até que alguém a guiou:

— Na cadeira 8, por favor.

A cabeleireira era uma mulher de meia-idade que parecia gostar muito de conversar.

— Você deixou o cabelo crescer por muito tempo, mocinha? — perguntou ela, em um tom leve no dialeto de Kansai.

— Desculpe, me esqueci de um detalhe importante. A senhora pode me emprestar uma fita métrica?

Quando Naruse falou que deixara o cabelo crescer para um experimento, a cabeleireira demonstrou interesse.

— Se esse é o caso, precisamos medir! — disse ela, trazendo uma fita métrica.

— O topo tem trinta centímetros e os lados estão com cerca de 31.

Se a história do cabelo crescer um centímetro por mês fosse verdade, ele deveria estar com 28 centímetros, mas havia crescido um pouco mais que isso. Também descobrira que as laterais cresciam com mais facilidade.

— Como você é jovem, ele cresce rápido. Bom, quanto você quer cortar, mocinha?

Depois de ajustar o comprimento na altura dos ombros e fazer uma franja, Naruse se sentiu renovada, a mesma sensação que tinha ao trocar as cortinas do quarto. Ela pagou pelo corte e voltou para casa.

O livro didático de matemática estava empilhado com os livros de exercícios já resolvidos. Era perceptível que não fora muito usado, como se quase não tivesse sido aberto. Ela o folheou e viu que os exemplos estavam organizados por tópicos.

Naruse começou a resolvê-los em ordem, a partir de "Números e Fórmulas" em Matemática 1, copiando-os em seu caderno. O nível de dificuldade era baixo, perfeito para uma revisão. Conforme resolvia as questões, foi entrando no ritmo, a ponto de sentir o sangue circulando por seus dedos.

Assim que terminou o livro de Matemática 1, repentinamente se lembrou de Shimazaki. Naruse mostrara à amiga a cabeça raspada na época, então seria bom mostrar seu novo corte de cabelo.

Subiu de elevador até o apartamento de Shimazaki e tocou a campainha. Ao abrir a porta e ver o rosto de Naruse, Shimazaki disse, espantada:

— Uau, você cortou o cabelo?

— Aparentemente, ele cresceu de 30 a 31 centímetros em 28 meses.

Shimazaki franziu as sobrancelhas.

— Mas você não ia deixar crescer até a formatura?

Naruse também não tinha intenção de cortar o cabelo. Explicou que Ōnuki lhe disse que estava estranho e que deveria cortar, ao que ela concordara e fora ao salão de beleza.

— Ficou ruim?

— Não é que ficou ruim, só fiquei um pouco decepcionada...

Shimazaki parecia insatisfeita, mas cortar o cabelo era uma decisão pessoal.

— Você tem esse lado, Naruse. Disse que queria ser a maior comediante do Japão, mas desistiu depois de quatro anos...

— Tem algumas coisas que não dá pra saber sem tentar.

Naruse não se incomodava com isso. Ela plantava muitas sementes, esperando que uma florescesse. Mesmo que nenhuma flor desabrochassem, a experiência se tornava fertilizante.

— Dessa vez foi a mesma coisa. Eu percebi que, se não cortasse o cabelo, ficaria com mais calor e feia. Mesmo participando do M-1 Grand Prix, foi por ensaiar *manzai* no Parque Banba que nos tornamos apresentadoras do Festival de Verão de Tokimeki. O esforço não foi em vão.

— Eu entendo o que você quer dizer, mas isso me deixa incomodada. Eu estava preparada para acompanhar tudo até o final, mas você resolveu desistir por conta própria.

Naruse sentiu o suor correndo pelas suas costas. Pensando agora, tudo fazia sentido. Mesmo que ela desistisse das sementes no meio do caminho, provavelmente Shimazaki estava esperando que elas florescessem. Não era à toa que perdera a paciência com a amiga.

— Desculpa. Isso é tudo o que posso dizer.

Sem saber o que fazer, Naruse desceu correndo as escadas e voltou para casa.

Os ventos que sopravam para uma direção favorável se viraram para a direção oposta mais uma vez. Naruse se esparramou na cama e encarou o teto. Parecia que nada do que fizesse daria certo. Quando desistiu, ficou sonolenta e fechou os olhos.

Na quarta-feira à noite, restando três dias para o Festival de Verão de Tokimeki, Naruse decidiu participar do ensaio da dança Gōshū Ondo.

O ensaio era um evento anunciado discretamente no panfleto de divulgação do festival. As palavras "Ensaio de Gōshū Ondo – 07/ago (qua), 19h – Ginásio da Escola de Ensino Fundamental 1 Tokimeki" eram acompanhadas de uma ilustração de dança Bon Odori retirada de um banco de imagens gratuito. Nunca pediram para Naruse participar do ensaio por ser membra do comitê, mas ela também não decidiu ir por vontade própria.

— Ah, você também veio, Naruse! Obrigado.

As boas-vindas de Yoshimine ressoaram no frágil coração de Naruse. No ginásio estavam reunidas cerca de trinta pessoas, de crianças a adultos.

— "Gōshū Ondo" é uma canção folclórica originada em Shiga no período Edo. Dizem que se difundiu em outras regiões graças aos comerciantes de Shiga, que a cantavam por onde passavam.

Após ouvir a explicação da Associação de Preservação de Gōshū Ondo, as pessoas aprenderam a dança. Até então, Naruse dançara copiando outras pessoas, mas admitiu que deveria ter aprendido os movimentos corretamente. Mas assim que uma senhora da Associação de Preservação lhe disse que ela dançava bem, Naruse recuperou sua confiança.

Depois de dançar com afinco por trinta minutos, ela sentiu uma agradável sensação de cansaço.

— Obrigado pela participação. Cada um de vocês receberá um sorvete.

Conforme Yoshimine falava, Inae tirava sorvetes de uma caixa térmica e os distribuía em uma mesa comprida. Crianças pequenas logo se aproximaram com gritinhos de alegria e começaram a escolher seus sorvetes favoritos.

Enquanto Naruse observava de longe, mantendo sua postura como membra do comitê do Festival de Verão de Tokimeki, Inae a chamou com um gesto, dizendo:

— Pegue um também, Naruse.

O picolé Garigari-kun de sabor soda havia derretido um pouco e estava macio. Depois de se certificar de que todas as pessoas pegaram um sorvete, Inae começou a comer o seu Parm.

— Hoje você veio sozinha?

Inae provavelmente fez um comentário casual, como se dissesse "O tempo está bom hoje", mas a pergunta perfurou o coração de Naruse.

— Isso fica entre nós, mas a De Zeze deve acabar esse ano.

Naruse revelou a informação, curiosa com a reação que causaria.

— Poxa, é mesmo?!

A voz dele foi 1,5 vezes mais alta do que o esperado.

— Vamos nos separar quando começarmos na universidade.

— Ah, entendo. Que pena.

Ele não disse só por educação; Inae realmente parecia lamentar o fato.

— Não quer dizer que não vamos mais nos encontrar. E provavelmente vamos conhecer gente nova.

Por alguma razão, Naruse estava se consolando. Talvez fosse isso que quisesse ouvir. Inae assentiu.

— É verdade. Mas estou um pouco chocado. — Ele hesitou um pouco antes de continuar: — Eu acompanho vocês desde que apareceram na televisão, durante a transmissão da Seibu.

— Você nos viu?

Ela levantou a voz sem perceber. Até então, Inae era apenas um membro do comitê, e haviam conversado só o necessário. Naruse jamais imaginou que ele se importasse com a De Zeze.

— Eu fiquei muito surpreso quando Masaru trouxe vocês.

O rosto de Inae ficou vermelho. Aparentemente, até mesmo homens com a idade do pai de Naruse ficavam envergonhados.

— Na verdade, acabei me desentendendo com Shimazaki, então vim sozinha hoje.

Quando Naruse falou isso, a expressão de Inae se entristeceu.

— Bom, quando isso acontece, é melhor fazer as pazes logo. Uma vez me desentendi com um amigo e nos afastamos, e isso me incomodou por trinta anos.

— Trinta anos?

Dali a três décadas, Naruse teria 48 anos. Só de imaginar passar todo esse tempo sem ver Shimazaki a assustava.

— Pois é, trinta anos. Foi graças ao fechamento da Seibu que pude reencontrá-lo.

— Vou na casa da Shimazaki — disse ela.

Assim que ouviu a resposta de Inae, Naruse saiu correndo em direção à casa da amiga.

— Shimazaki, desculpa pelo outro dia.

Ela se desculpou no momento em que a porta se abriu. A amiga a recebeu com um sorriso sem graça e disse:

— Não sei exatamente do que você está falando. Pode me explicar o que aconteceu?

Elas se sentaram uma de frente para a outra na mesa baixa do quarto de Shimazaki. Foi também nesse quarto que elas formaram a dupla De Zeze.

— Hoje fui ao ensaio de Gōshū Ondo, e quando falei para o sr. Inae que nós nos desentendemos, ele me aconselhou a fazermos as pazes logo.

— Mas nós nos desentendemos? — perguntou Shimazaki, sem fazer ideia do que Naruse estava falando.

— Outro dia você disse que ficou decepcionada, não foi?

— Ah, aquilo. Estava irritada porque você fez o que a Nukki mandou. Eu sei que você costuma blefar.

Parecia uma crítica severa, mas não havia como rebater, já que muitas de suas declarações não se tornavam realidade.

— Além disso, acho que eu estava me divertindo fazendo *manzai*. Então fiquei triste em não participar do M-1 esse ano.

Foi Naruse quem introduziu Shimazaki ao mundo da comédia *manzai*. Naruse ficou surpresa com a confissão da amiga.

— Se é o caso, podemos nos apresentar no Festival de Verão de Tokimeki. Acho que nos cederiam uns dois minutos.

Shimazaki se alegrou com a sugestão de Naruse.

— Sim, vamos fazer isso! Já que não vamos participar do M-1, o que acha de inserirmos piadas locais?

Elas pegaram uma folha de papel e imediatamente começaram a propor ideias. Anotaram palavras-chave como "mercado Heiwado", "Tokimekizaka" e "vestibulandos", e a partir delas criaram piadas para o papel do *boke*.

Assim que juntaram um bom número de ideias, Shimazaki começou a falar:

— Aliás… Já que vamos nos apresentar em Zeze, acho melhor mudarmos o "E viemos de Zeze!". Que tal algo como… "De Zeze para o mundo!"?

Shimazaki levantou o braço, com o dedo indicador da mão direita para cima.

— Boa!

Naruse também estendeu seu indicador, falando "De Zeze para o mundo! Somos De Zeze!". Foi revigorante, como se estivesse esticando as asas e realmente partindo para o mundo. Ela repetiu a frase inúmeras vezes, procurando o melhor ângulo, e Shimazaki perguntou, rindo:

— Você gostou tanto assim?

No dia seguinte, Naruse ligou para Yoshimine, perguntando se poderiam fazer uma apresentação de *manzai*.

— Sim, com certeza! — respondeu ele entusiasmado, e lhes deu um tempo antes da última atração, o Gōshū Ondo.

Naruse sentiu seu ânimo se recuperar enquanto escrevia o roteiro do *manzai*. Ela era sortuda por Shimazaki ter nascido e crescido no mesmo condomínio que ela, e por ser sua amiga. Mesmo que Shimazaki não estivesse mais por perto, a história das duas permaneceria.

Assim que terminou o roteiro, levou para Shimazaki, que leu e disse, com uma expressão relaxada:

— Esse roteiro é a sua cara, Naruse.

Elas ficaram de costas para a parede, levantaram o indicador e disseram em uníssono:

— De Zeze para o mundo!

— Sou Akari Naruse, da De Zeze.

— E eu sou Miyuki Shimazaki. Prazer!

Shimazaki fez seu papel como *boke* tranquilamente, conforme Naruse imaginara. Comparado com quatro anos antes, era óbvio que ela estava se divertindo com o *manzai*.

Ao terminarem a apresentação, as duas discutiram o que gostariam de corrigir.

— Será que devemos inserir mais piadas sobre a Heiwado? Como aquele dispenser automático de desinfetante à base de álcool que solta líquido demais?

— Também já usei aquilo, e sai um monte mesmo. Se sobra, eu passo no rosto.

— Hã, isso é piada? Ou é de verdade?

A matriz do supermercado Heiwado fica em Hikone, na província de Shiga, e dizem que há uma Heiwado em cada estação da província. Também havia uma loja próxima do condomínio de Naruse, e a empresa sempre era lembrada, fosse por propagandas na Biwa TV ou pelas ofertas que vinham no jornal.

— Quando penso que não tem Heiwado em Tóquio, me sinto um pouco triste de ir para lá.

Naruse se lembrou de quando fora para Tóquio dois anos antes. Há muitas pessoas e centros comerciais por lá. Shimazaki logo se acostumaria.

— Falando nisso, você já decidiu para qual universidade vai prestar o vestibular, Shimazaki?

— Ainda não. Em parte, porque minhas notas são medianas, mas também é difícil por ter opções demais.

Todas as universidades que Shimazaki listou apareciam nos anúncios da Hakone Ekiden, a corrida de revezamento universitária que ocorre anualmente em janeiro e reúne as melhores universidades da região de Kanto. Isso fez Naruse perceber que a amiga realmente iria para Tóquio.

No dia do Festival de Verão de Tokimeki, Naruse e Shimazaki também se reuniram às 15h para ajudar a organizar o local. Como era a terceira vez que participavam, já sabiam como funcionava o fluxo de trabalho. Após a montagem do palco, vestiram seus uniformes das De Zeze e ensaiaram.

Tudo parecia mais especial e melancólico ao pensar que seria a última apresentação de *manzai* da dupla, então Naruse decidiu se concentrar em animar o festival com alegria.

Enquanto aguardava sua vez de subir ao palco, Naruse se lembrou da primeira apresentação no Festival Cultural, no oitavo ano do ensino fundamental. Naquela época, Shimazaki estava tão nervosa que não conseguia fazer nenhuma expressão facial, mas agora ela parecia relaxada.

— Você não fica mais nervosa, Shimazaki?

— Claro que fico, eu estou nervosa. Só me acostumei com o nervosismo.

Para Naruse, que desconhecia essa sensação, era uma novidade saber que é possível se acostumar com o nervosismo.

— Deu 17h. Vamos começar.

Ao sinal de Yoshimine, a dupla subiu ao palco, pegaram os microfones e disseram:

— Sou Akari Naruse, da De Zeze, uma das apresentadoras de hoje. Prazer.

— E eu sou Miyuki Shimazaki, da De Zeze. Prazer!

Diante do palco estavam pais e responsáveis das crianças de ensino fundamental 1 que se apresentariam em seguida, esperando com celulares e câmeras a postos. Atrás dessa plateia havia um espaço com cadeiras e mesas para aqueles que queriam comer, e do outro lado ficavam as barracas de comida.

— Pessoal, muito obrigada por virem hoje!

— Vamos fazer deste festival uma noite de verão muito divertida! Para começar, o chefe do comitê fará o discurso de abertura.

Vestindo a tradicional e festiva jaqueta *happi* na cor azul, Yoshimine expressou sua gratidão a todos os colaboradores, e declarou:

— Vamos dar início ao Festival de Verão de Tokimeki!

Como nos anos anteriores, uma salva de palmas esparsa foi ouvida. As pessoas geralmente falam que ninguém está prestando atenção, mas Naruse acredita que os sentimentos daqueles que aplaudem não podem ser ignorados.

— A primeira apresentação é do clube de dança da Escola de Ensino Fundamental 1 Tokimeki! Eles ensaiaram até nas férias de verão. Esperamos que gostem de sua dança bem coordenada!

As duas desceram do palco e se sentaram nas cadeiras dobráveis na barraca da organização para descansar.

— Está quente, então se hidratem.

Inae trouxe duas garrafas de meio litro água.

— Muito obrigada!

Enquanto se hidratava, Naruse observou o local: havia estudantes do ensino fundamental se apresentando, responsáveis filmando seus filhos, residentes comprando comida nas barracas, crianças correndo por aí. Ela sentia que o Festival de Verão de Tokimeki havia começado bem.

A segunda apresentação foi uma música cantada pelas crianças mais velhas da Creche Akebi. Crianças que ainda não compreendiam muito bem a situação se enfileiraram no palco.

— Nós também estudamos na Creche Akebi. Eu me lembro de ter cantado no Festival de Verão de Tokimeki, 12 anos atrás. Que nostálgico.

Ela se lembrava vividamente daquela época e da música que cantaram, "A canção dos números". No final, estavam todos cansados e não conseguiam mais cantar com vigor. Mas Naruse cantou até o fim, sem errar.

— Da Creche Akebi, vão cantar "Meu suco misto" e "Arco-íris"!

Ao ver as criancinhas cantando e mexendo as mãos, Naruse começou a se sentir como uma mãe observando os filhos. Sentiu um aperto no peito ao pensar que muitas daquelas crianças deixariam o bairro de Tokimeki.

Em seguida, diversas apresentações tomaram o palco, como a banda da Escola de Ensino Fundamental 2 Kirameki, o grupo de coral do centro comunitário, voluntários tocadores de *shamisen* e malabaristas.

Naruse não sabia se essas pessoas ainda estariam neste bairro no ano seguinte. O Festival de Verão de Tokimeki não seria organizado pelas mesmas pessoas. Ao pensar nisso, seus olhos começaram a marejar, e ela balançou a cabeça em pânico.

A primeira parte das apresentações chegou ao fim, dando início à segunda parte, a premiação do concurso de desenhos. A distribuição de prêmios era feita pela escola de artes patrocinadora do evento, então a dupla De Zeze descansou por algum tempo na barraca da organização.

— Bom trabalho. Fiquem à vontade para comer.

A senhora do bar *izakaya* lhes trouxe yakisoba e frango *karaague*, que elas aceitaram agradecidas.

— Eu penso nisso todos os anos, mas sempre acho que esse yakisoba tem um sabor que não se encontra em nenhum outro lugar.

— É mesmo? Eu não sinto essa diferença.

Enquanto conversavam e comiam, ouviram uma voz chamando "Miyu-Miyu!".

— Ah, vocês vieram?!

As garotas que vira no Bikkuri Donkey no outro dia se reuniram ao redor de Shimazaki.

— Nós vimos a programação. Você vai fazer uma apresentação de *manzai*?

— Vou, sim.

Naruse também estava agradecida por elas terem vindo ao Festival de Verão de Tokimeki. Normalmente, ela não diria nada, mas inconscientemente se levantou.

— Eu sou Naruse, colega da Shimazaki. Ainda tem tempo até a apresentação, mas espero que vocês consigam assistir.

As amigas de Shimazaki não esperavam que Naruse se pronunciasse. A menina de coque na frente do grupo deu um sorriso confuso e respondeu:

— Eu adoraria ver. Bom, então até mais tarde!

O grupo acenou para Shimazaki e se afastou.

— Eu te envolvi em muitas coisas até hoje, não foi? — disse Naruse.

— Quê? — respondeu Shimazaki, confusa.

— No outro dia, você priorizou a reunião do festival em vez de sair com elas. Fiquei pensando se você não teve que sacrificar muitas coisas por minha causa.

Shimazaki sorriu e negou com a cabeça.

— Claro que não. Se eu quisesse, poderia me recusar a participar do *manzai* ou a apresentar o festival. Eu aceitei porque achei que conseguiria se você estivesse junto, Naruse.

— Mas muitas coisas que eu falo não dão certo...

Naruse desistiu do *manzai* sem alcançar seu objetivo e cortou o cabelo no meio do experimento, sem demonstrar nenhuma consideração por Shimazaki, que sempre esteve ao seu lado.

— Eu sempre me diverti.

Ao ver a expressão calma de Shimazaki, Naruse assentiu silenciosamente. Ela também sempre se divertira. Mas sentia que se falasse isso, tudo chegaria ao fim, então não colocou em palavras. Mesmo que estivessem morando longe, ela acreditava que conseguiria seguir em frente sabendo que vivia sob o mesmo céu que Shimazaki.

— Agora, seguimos com o *manzai* da dupla De Zeze! Podem entrar!

Após o sorteio, Yoshimine chamou Naruse e Shimazaki, que subiram ao palco. Elas se posicionaram na frente do microfone central, e apontaram o dedo indicador para o céu noturno.

— De Zeze para o mundo! Somos De Zeze! Prazer!

Por ser logo depois do sorteio, muitas pessoas pararam na frente do palco para assistir. Sob as luzes dos holofotes, Naruse viu pessoas conhecidas da vizinhança e as amigas de Shimazaki.

— Esse ano, nós viramos vestibulandas.

— Pois é. Eu vou me inscrever no processo seletivo da Heiwado.

— Estou falando do vestibular para entrar na universidade! Que raios é esse processo seletivo da Heiwado?

— Qual é a música tema da Heiwado?

— Está falando daquela melodia "teretententen, teretententen"? Ela tem nome?

— A resposta é "SF 22-39".

— Essa é só a primeira etapa do processo, mas são informações muito específicas!

— A primeira etapa tem uma prova prática que inclui o processo de pedido de produtos até a organização do estoque, sabia?

— Não parece mais um treinamento de novos funcionários do que um processo seletivo?

— E é claro, o pagamento da taxa de inscrição da prova é com HOP, o dinheiro digital da empresa.

As piadas sobre a Heiwado não geraram grandes gargalhadas, mas causaram risadas aqui e ali. Quando Naruse vasculhou a plateia, viu a mãe tensa pela filha. Ao seu lado, estava a mãe de Shimazaki, sorrindo. Naruse se perguntou se essa seria uma das cenas que veria diante de seus olhos antes de morrer, ao completar 200 anos.

— E é isso! Muito obrigada!

A plateia aplaudiu enquanto as duas faziam uma reverência. Que bom que os moradores do bairro de Tokimeki viram a última apresentação da dupla De Zeze. Sentindo-se satisfeita, Naruse levantou o rosto, e viu Inae e Yoshimine subindo no palco com buquês nas mãos.

— Bom trabalho!

Inae, com o rosto corado, entregou o buquê vermelho a Naruse. Shimazaki recebeu o buquê amarelo de Yoshimine. Naruse estava atônita, se perguntando se aquilo era o que chamam de surpresa. Era a primeira vez que recebia flores de presente.

— A dupla De Zeze encerrará as atividades este ano. Obrigada pelo apoio.

Naruse expressou sua gratidão enquanto segurava o buquê com as mãos. Ao olhar para o lado, viu Shimazaki com uma expressão de choque, como se tivesse sido golpeada por um soco. Não havia motivo para tanta surpresa, pensou Naruse, mas nesse momento a voz cheia de hesitação de Shimazaki foi captada pelo microfone e ressoou pelo local do evento.

— A dupla De Zeze vai encerrar as atividades?

— É, você disse que ia se mudar, não?

— Mas eu não falei nada sobre desistir da De Zeze. Eu estava planejando voltar no dia do Festival de Verão e apresentar o evento!

Dessa vez, quem ficou surpresa foi Naruse. Vasculhando em sua memória, Shimazaki dissera que se mudaria para Tóquio, mas não mencionara nada sobre o futuro da De Zeze. A plateia via a cena sem entender o que estava acontecendo.

— Desculpa, errei! A dupla De Zeze não encerrará as atividades este ano!

Quando Naruse tentou se justificar desajeitadamente diante do microfone, Shimazaki não aguentou e soltou um riso.

— Mas o que foi isso?

Shimazaki ria, como se não houvesse outra opção senão sorrir.

— Nós, De Zeze, continuamos contando com o apoio de vocês!

Seguindo a amiga, Naruse também fez uma reverência. Enquanto os residentes davam uma calorosa salva de palmas, ela saboreou a felicidade de poder subir no palco no próximo ano como De Zeze.

— A última atividade do dia será a dança Gōshū Ondo. As crianças que dançarem ganharão doces. Esperamos que todos dancem e se divirtam!

Naruse e Shimazaki desceram do palco e entraram na roda. Um grupo de meninos do ensino fundamental 1 imitou a coreografia da De Zeze, gritando "De Zeze para o mundo!" ao que Naruse disse, em resposta:

— De Zeze para o mundo!

Yoshimine acenou para ela, dizendo que contava com a De Zeze no próximo ano.

— Desculpe pelo transtorno — disse Inae, com um sorriso sem graça.

As amigas de Shimazaki a elogiaram e comentaram como a apresentação havia sido legal. As mães de Naruse e Shimazaki também se juntaram ao círculo, um pouco mais afastadas.

Ao olhar para o céu e recuperar o fôlego, Naruse ouviu a introdução da música folclórica. Quando se deu conta, Shimazaki estava ao seu lado. Segurando o buquê com uma das mãos, Naruse dançou Gōshū Ondo de corpo e alma.